Five 1 Sommaire

DEPUIS TOUJOURS, MA FAMILLE A DÉMÉNAGÉ AU GRÉ DES MUTATIONS DE PAPA...
... MAIS À PRÉSENT, C'EST TERMINÉ !
N'ARRIVE PAS EN RETARD POUR TON PREMIER JOUR !
JE SAIS, JE SAIS.
BON, À CE SOIR !
ENFIN, JE VAIS POUVOIR GOÛTER...
... À LA VIE D'UNE LYCÉENNE NORMALE.

FIVE

#1

Shiori Furukawa

ADIEU LES MUTATIONS,
BONJOUR LA STABILITÉ !

BON, TU DOIS ÊTRE PAS MAL TENDUE, JE SUPPOSE...
... FAIS COMME D'HABITUDE, ET TOUT IRA BIEN.
D'ACCORD.
Comme tu le sais peut-être déjà...
... notre école ne fonctionne pas exactement comme les autres...
J'AI L'HABITUDE D'ARRIVER EN COURS D'ANNÉE...
... MAIS CETTE FOIS, C'EST DIFFÉRENT.
Pourvu que j'arrive à me faire des amis...!
JE NE VAIS PLUS DÉMÉNAGER, C'EST TROP BEAU ! ♥
Hi hi hi !
Tu es dans le groupe A, voilà ta salle de classe.
J'AI...
... TELLEMENT RÊVÉ DE CET INSTANT...

TOMBER AMOUREUSE...
... ET ÊTRE AIMÉE EN RETOUR...
TIENS ?
OUPS!
OÙ SE CROIT-IL, CELUI-LÀ ?
ON EST DANS UNE ÉCOLE, QUAND MÊME !!
...
BEURK ! JE CHERCHE L'AMOUR, BIEN SÛR, MAIS RIEN D'AUSSI DÉGOÛTANT...

Un

Bonjour (ou bonsoir) à toutes et à tous ! Ici Shiori Furukawa. Bouuuh ! C'est flippant, quand même... C'est le tome 1. Waaah ! Ce serait drôle que le tome 2 ne sorte jamais... Enfin non, ce ne serait pas drôle. Je vais m'accrocher ! ★★★ Ah ! tiens, en ce moment je travaille en écoutant un minidisque que m'a offert Aya Nakahara*. J'en ai des tremblements, au propre comme au figuré ! Hum... Depuis que j'ai commencé cette série, je ne sors plus vraiment (même si je suis plutôt casanière, à la base). Les films que je veux voir et les vidéos que je me suis enregistrées s'accumulent... Je me demande bien pourquoi je me précipite pour acheter des DVD alors que je n'ai pas le temps de les regarder ! Je suis débile, ça doit être ça.

Ma collègue Aiji Yamakawa m'a fait remarquer que ma télé était toute petite, alors j'en ai pris une plus grande !

* AUTEUR DE LOVELY COMPLEX.

PROOOMIS !
BIENVENUE !
はわわわわ
Ha gla gla gla gla gla...
M...
MONSIEUR ! POURQUOI IL N'Y A QUE DES GARÇONS DANS CETTE CLASSE ?!
HM ? TU N'AS PAS ÉCOUTÉ MES EXPLICATIONS, TOUT À L'HEURE ?
DANS NOTRE LYCÉE, LES ÉLÈVES SONT RÉPARTIS PAR NIVEAU...
... ET ICI, C'EST LA CLASSE DES "A+", LA CRÈME DE LA CRÈME !
BIZARREMENT, LE HAUT DU CLASSEMENT NE CONTIENT QUE DES GARÇONS...
TU ES LA PREMIÈRE FILLE À Y ACCÉDER ! FÉLICITATIONS !

MERCI, MAIS... DOIS-JE VRAIMENT M'EN RÉJOUIR ?
BOOOM
SNIF
ET PUIS...
BOUUUUUH
まあ〜ん
... ILS SONT UN PEU BIZARRES, NON ?!
ASSIEDS-TOI TOUT AU FOND PRÈS DE LA FENÊTRE, LA PLACE EST LIBRE.
EUH... D'ACCORD.
TIENS ? POURQUOI LES TABLES AUTOUR SONT VIDES ?
QUOI ? CES CINQ CRÉTINS SONT ENCORE À LA BOURRE ?!
LES CINQ CRÉTINS ?
VRRR
NOUS VOILÀ ! ♡

BONJOUR, MAÎTRE !
♡ NOUS SOMMES ENCORE EN RETARD, DÉSOLÉS !
MAIS...
CE GARÇON, C'EST...

TOSHiii !
ViENS, ON S'CASSE, ÇA CRAiNT iCi !
APRÈS L'APPEL.
HEiN ?!
QU'EST-CE QU'iL FABRIQUE DANS LA CLASSE DES "A+" ?!
OH !
C'EST TOi, LA FAMEUSE NOUVELLE ?
TU N'ES PAS DU TOUT COMME JE L'iMAGiNAiS !
T'es jolie.
EUH... BEN, JE...
Ne me regardez pas comme ça !
MAiS...

TU SERAIS...
... ENCORE PLUS JOLIE SANS TES LUNETTES !
Gniii !
ドゴッ
BLAF
OH !
... AÏE.
NON MAIS, QU'EST-CE QUI TE PREND ?!
De quoi ?!
CE SERAIT PLUTÔT À MOI DE TE POSER LA QUESTION !!

T'AS PEUT-ÊTRE TOUJOURS EU TOUTE UNE CLIQUE D'ADMIRATRICES À TA BOTTE...
... MAIS JE NE MANGE PAS DE CE PAIN-LÀ !
T... TOSHI, ÇA VA ?
JE VOIS LE GENRE...
ALORS T'ES GENTIL, TU NE ME METS PAS DANS LE MÊME SAC, O.K. ?!
OUI...
BIEN PARLÉ.
ELLE EST COOL !
ET VOUS, M'SIEUR, VOUS DEVRIEZ MIEUX LES SURVEILLER !
VOILÀ UNE RÉACTION INÉDITE...

QUE DIRAIS-TU DE NOUS FAIRE UNE PETITE DÉMONSTRATION...
... DE TON DISCOURS ?
... UNE ÉMONSTRATION ?
HE...
TES LUNETTES...
... SONT CASSÉES.
QUOiii ?!
MAIS SANS ELLES, JE SUIS MYOPE COMME UNE TAUPE !
HOP ひょいっ
JE VAIS PRENDRE MES RESPONSABILITÉS.
QUE...

DING DONG DANG DONG
ASSEYEZ-VOUS, JE VAIS FAIRE L'APPEL.
ET À PARTIR DE DEMAIN, TÂCHEZ D'ARRIVER À L'HEURE !
NAO ARISAWA.
KOJIRÔ YAUCHI.
JUN TAIRAKU.
TAKUI IWABUCHI.
TOSHI SHIMIZU.
ENCHANTE ! ♡

ALLEZ, TOSHI, ON FILE !
TCHAC
JE PASSE.
À COMPTER DE CET INSTANT, J'ESCORTE LA PRINCESSE.
HEIIIN ?!
ESCORTE ?! COMMENT ÇA, UNE ESCORTE ?
Et puis d'abord, lâche-moi !!
J'AI PARLÉ DE PRENDRE MES RESPONSABILITÉS, NON ?
Ben voilà !
PUISQUE TU N'Y VOIS PLUS, JE DOIS DEVENIR TES YEUX ! C'EST LA MOINDRE DES CHOSES.
SMACK !!

ON PEUT PAS SORTIR TOUS LES CINQ À L'INTERCLASSE.
AH BON ?
MOI, JE LE FAIS TOUJOURS.
GASP !
NON ?
DITES...
KYAH !
KYAH !
C'EST MOI... OU TOUT LE MONDE NOUS REGARDE ?
C'est pas moi, hein ?
Les Five sont tous réunis !
KYAH !
KYAH !
TU TE FAIS DES IDÉES.
MAIS...
... C'EST QUOI SON PROBLÈME, À LUI ?!

COMMENT ÇA POURRAIT VENIR DE MON IMAGINATION ?!
Des cœurs me tombent dessus...!
MAIS...!!
JE N'AI QUE LES LIVRES DE COURS, PAS DE CAHIERS...
Cela dit, lui, il n'a même pas son manuel...
COMMENT CES CINQ-LÀ ONT-ILS PU ATTERRIR DANS LA CLASSE DES "A+" ?
AU FAIT, PRINCESSE...
Princesse ?
POURQUOI TU TRIMBALLES TON BOUQUIN D'ANGLAIS ALORS QU'ON VA EN CHIMIE ?
QUOI ?

RHÂÂÂ!!
Eng
C'EST CE QU'ON APPELLE AVOIR UN DON POUR SE FAIRE REMARQUER !
Bouh...
Pfff...
PFFF !
ぶはっ
C'EST LA PREMIÈRE FOIS QUE JE VOIS UNE BOULETTE PAREILLE !
Excellent, j'en pleure de rire !
ON RETOURNE CHANGER DE LIVRE.
Hi Hi-!
UN SOUCI, PRINCESSE ?
HEIN ?
EUH, NON...
... JE ME SERAIS...

QUOI ? T'AS FLASHE SUR MOI ?
M'EN VEUX PAS, J'Y PEUX RIEN !
GRRR...
Espèce de...
DANS TES RÊVES !
Salut !
À demain !
... ET JUSTE QUAND JE VENAIS DE LUI TROUVER DE BONS CÔTES...
ÇA AVAIT PLUTÔT MAL COMMENCE...
JE ME RENDS COMPTE QUE J'AVAIS TOUT FAUX !
Vraiment rrécupérable !

Hum...
JE N'Y VOIS VRAIMENT RIEN...
HE !
APPELLE-MOI QUAND TU RENTRES.
HEIN ?
JE TE RACCOMPAGNE.
Pardon ?
POURQUOI JE FERAIS ÇA ?
CE...
C'EST PAS LA PEINE !
JE NE SAIS PAS CE QU'IL ME VEUT, MAIS...
TU TE MÉFIES...
Mais ?!
IL LIT DANS MES PENSÉES, OU QUOI ?!

BEN...
TIENS ?
HÉ, TOSHI, ON RENTRE TOUS ENSEMBLE ?
C'EST MOI QUI LUI AI CASSÉ SES LUNETTES.
DONC, C'EST À MOI DE LA RAMENER.
Gna !
NON, MAIS PUISQUE JE TE DIS QUE...
TAKUI, PASSE-MOI TON SAC.
O.K...
?
HOP
BLOF
CLANG
CRUSH CRUSH
TU FAIS QUOI, LÀ ?
CLANG" ?
AVANT TOUT...

Euh ?
PRENDS ÇA.
4kg
ET ÇA.
Tu te balades toujours avec tout ça dans ton sac ?
PUIS ÇA, ET ENCORE ÇA...
POF
PLOM
POF
Ben voui !
OH ?
HE, ATTENDS...
GH...
PLOUM
C'EST QUOI, TOUT ÇA ?!
DE QUOI TE DÉFENDRE SI JE TENTE UN TRUC.
JE PEUX TE RACCOMPAGNER, ALORS ?

ENTENDU.
GOULP
ぐいっ
BLOF
どさ
JE N'A PAS BESOIN DE TOUT ÇA.
J'ACCEPTE POUR AUJOURD'HUI.
À VOS ORDRES.
Votre Altesse !
... CE N'EST PEUT-ÊTRE PAS UN SI MAUVAIS BOUGRE...
FINALEMENT...
AAAH...

TOSHI PROMÈNE UNE NOUVELLE...
QUI C'EST ?
MA COPINE !
MÊME PAS VRAI !!
IL NE MANQUE PAS DE TOUPET, CELUI-LÀ !
BON, JE LAISSE TOMBER.
... ET JE PARS DEVANT.
PFFF !!
TU RIGOLES !
T'AS JAMAIS EU DE COPINE EN TITRE, TOSHI.
TU VAS QUAND MÊME PAS TE METTRE À LA MONOGAMIE !
Trop ringard !

Hu hu !
OUi.
TU AS R...
POURQUOi ?
POURQUOi CE SERAiT "TROP RINGARD" ?
HEiN ?
Explique !
SE DONNER À FOND À QUELQUE CHOSE...
... ET SE CONCENTRER DESSUS, CE NE SERAiT PAS BiEN ?
C'est ça ?
Elle est pas bien, celle-là !
C'est clair !
VIENS...
ON SE TIRE !
STAP
STAP
STAP
STAP

QU'EST-CE QU'ELLES ONT ?
C'est ma question ?
DE TOUTE FAÇON, TU NE VAUX PAS MIEUX.
PARDON ?
TON SOURIRE DE COMMANDE ME DÉBECTE.
...
TCHAC
?!
GHYAH !
COU DE HINA
POURQUOI...
... TU DIS QUE JE ME FORCE À SOURIRE ?
HEIN ?
JE L'AI VEXÉ ?
JE... JE N'AVAIS PAS DE RAISON PRÉCISE...

UNE... IMPRESSION ?
Cling
HMMM...
T'ES MARRANTE...
... en fait.
...
SON SOURIRE ÉTAIT SINCÈRE...
Pourquoi ?
HM...?
HM...
OUH LA LA !
NE ME DIS PAS QUE JE VIENS DE RATER UNE OCCASION DE DEVENIR LEUR AMIE ?!

T'INQUIÈTE, T'AS PAS BESOIN D'ÊTRE POTE AVEC ELLES.
POURQUOI ? C'ÉTAIT MON PREMIER CONTACT AVEC UNE FILLE !
POUR RIEN.
BONJOUR, PRINCESSE !
Oh !
SALUT, LES GARÇONS !
ÇA A ÉTÉ, HIER ?
COMMENT ÇA ?

TOSHI T'A AGRESSÉE ?
... SSÉE ?!
Agress...
SÉRIEUX ?!
MAIS NON, IL M'A RACCOMPAGNÉE TOUT À FAIT NORMALEMENT !!
INCROYABLE ! LOL !
C'EST SI ÉTONNANT QUE ÇA ?
BAH, ON LE SAVAIT DÉJÀ, QU'AVEC LA PRINCESSE CE N'ÉTAIT PAS COMME AVEC LES AUTRES FILLES.
BEN OUI, MAIS IL EST TELLEMENT MALADROIT...
Ha hu !
Maladroit ?
COMMENT ÇA ?
LEURS VISAGES SONT SI EXPRESSIFS...

OH...
BIEN SÛR...
ÇA IRA, MAINTENANT QUE JE SUIS PRÉVENUE !
Hi hi hi !
OOOOOH !
Ting
Que nous arrive-t-il ?
AAAH, IL A DE LA CHANCE D'AVOIR DES AMIS...
JE DOIS AVOUER QUE JE L'ENVIE À CE NIVEAU.
MÊME À MOI, ILS M'ONT DONNÉ LE SOURIRE !
Hi Hi Hi !
TCHAC
!

C'EST LA FILLE...
D'HIER...
TIENS ?
ON PEUT TE PARLER DEUX MINUTES ?
MAIS...
EUH ?
POURQUOI ON VA SUR LE TOIT ?
BEN ÇA ALORS...
DIS DONC...
... TU SAIS POURQUOI ON EST VENUES TE CHERCHER ?

EUH...
PARCE QUE...
... VOUS VOULEZ QU'ON DEVIENNE AMIES ?
EUI !
EUI !
HEIN ?
ON N'A PAS PU BAVARDER HIER, ALORS VOUS ÊTES VENUES CONTINUER LA CONVERSATION !
CLING
CLING
NAAAAAAAN !!
DOOOOIN
COMMENT ÇA, NON ?!
MAIS ALORS, POURQUOI ?!

TU NOUS ENQUIQUINES.
T'ES LÀ À TOURNER AUTOUR DE TOSHI...
... TU TE VANTES SOUS PRÉTEXTE QU'IL S'EST VAGUEMENT RENDU COMPTE DE TA PRÉSENCE ?
IL APPARTIENT À TOUT LE MONDE, PAUVRE FILLE !
QUOI...?
C'EST POUR ME DIRE ÇA QU'ELLES M'ONT APPELÉE ?
GNNN...
...ZUT !!

JE COMMENCE À M'ENERVER !
BLAF
TU M'ECOUTES, OUI ?
GRRR...
...
LA FERME !
"TOSHI, TOSHI"... VOUS SAVEZ DIRE AUTRE CHOSE ?
HEIN ?!
KSSSSH
Tu m'as très bien entendue !
QUITTE À VOUS DONNER AUTANT DE PEINE, VOUS NE POUVEZ PAS CONSACRER VOTRE ÉNERGIE À AUTRE CHOSE, BANDE DE DÉCÉRÉBRÉES ?!
Semelle
JE VEUX DIRE, ADRESSEZ-VOUS DIRECTEMENT À TOSHI, ET QU'ON N'EN PARLE PLUS !!
Ce que vous faites pour le moment, ça ne sert à rien ! Des clous !

SANS COMPTER...
... QU'À FORCE DE PROJETER VOS FANTASMES SUR LUI...
... VOUS L'EMPÊCHEZ DE SOURIRE ET D'ÊTRE LUI-MÊME !
POF
GRRR ! DIRE QUE JE ME RETROUVE DANS CETTE SITUATION À CAUSE DE LUI...
PEUT-ÊTRE QUE JE NE M'ÉTAIS PAS TROMPÉE...
... EN MÊME TEMPS...
POURQUOI EST-CE QUE JE LE SOUTIENS ?

ROAR...!
MAIS C'EST QU'ELLE FERAIT PEUR !
TU AS ENTIÈREMENT RAISON.
T... TOSHI !!
QU'EST-CE QUE TU FAIS LÀ ?
Oh, ça...
JE VOUS AI VUES EN PASSANT PAR LÀ, ALORS JE ME SUIS APPROCHÉ...
Et voilà !
Là

ENFIN...
DIRE LEURS QUATRE VÉRITÉS À AUTANT D'ADVERSAIRES, JE RECONNAIS BIEN LÀ MA PRINCESSE !
Hein ?
À QUI LA FAUTE, D'APRÈS T...?!
... EUH ?
"MA" ?!
Hop
LES FILLES SONT PÉNIBLES.
C'EST TOUJOURS TOUT BLANC OU TOUT NOIR...

JE CROIS...
... QUE MON SUCCÈS AUPRÈS DES FILLES M'EMPÊCHE DEPUIS LONGTEMPS DE ME FAIRE DES AMIS, MAIS JE ME SUIS FAIT UNE RAISON.
Hein ?!
TOSHI ! TU VEUX DIRE QUE...
BREF...
QU'EST-CE QUE VOUS REGARDEZ ?

J'AI PAS BESOIN DE VOUS.
DITES...
TOSHI ET LA PRINCESSE ONT DISPARU. VOUS CROYEZ QU'ILS ONT FUGUÉ EN AMOUREUX ?
PARDON ?!
Quoiii ?!
PITIE, PAS ÇA !!

TOSHI AIME LA PRINCESSE, ÇA OUI.
IL A MÊME EU LE COUP DE FOUDRE.
ET LA PRINCESSE EST SÛREMENT AMOUREUSE DE TOSHI...
Bouh hou...
NON !
IL A MIS LE GRAPPIN SUR LA PRINCESSE, C'EST PAS JUSTE !!
がばっ
GRAB
SLUP
じゅるっ
TU CROiiiiS ?!
MES PENSÉES TOURBILLONNENT DANS MA TÊTE.

J'AI TANT DE CHOSES À LUI DEMANDER...
ILS SONT TOUS PARTIS ?
... MAIS...
... CE N'EST PAS ÇA LE PROBLÈME.
LÂCHE-MOI !
LE PROBLÈME...
T'AS FLASHE SUR MOI ?
... C'EST QUE LA QUESTION DE TOSHI...
... M'A FAIT MANQUER UN BATTEMENT DE COEUR...

NAO...
TU VEUX BIEN ME LA PRENDRE ?
1,5
FIVE
QUESTION IMPROMPTUE
...
NON.

MAiiiS ! POURQUOi VOUS VENEZ TOUS À L'ÉCOLE LES MAINS DANS LES POCHES ?!
C'EST VRAi, ÇA ! QU'EST-CE QUE VOUS FAITES DE VOS OUTILS DE TRAVAiL ?
POURQUOi ? JUSTE UNE FEUiLLE, C'EST PAS LOURD À PORTER.
OUi, ENFiN TOi, TU EN EMPORTES TOUJOURS TROiS TONNES DE TROP, TAKUi.
LA VERiTE...
KOJIRÔ YAUCHI
TOSHI SHIMIZU
JUN TAIRAKU
... EST AU FOND DE LEURS CASiERS.

C'EST LA PREMIÈRE FOIS QU'UN GARÇON ME SERRE DANS SES BRAS...
J'AI PAS BESOIN DE VOUS.
... C'EST AUSSI LA PREMIÈRE FOIS QU'ON ME DIT UN TRUC GENTIL...
...
... MAIS...

... MAIS...
SMACK
...
... EN FAIT...
... J'AI PEUT-ÊTRE RÊVÉ.

#2
FIVE
UN COUP DE TONNERRE DANS LES TÉNÈBRES

* IL S'AGIT D'UNE RÉFÉRENCE À MATILDA AJAN, UN PERSONNAGE DE LA SÉRIE ORIGINALE DE MOBILE SUIT GUNDAM.

ÔTE-TOI DE LÀ, BOULET !
BLOM
ドカッ
Ah !!
ZOOON !
HÉ !
DIS DONC, TU...
...
NON, RIEN.
QUOI ?
TOSHI SHIMIZU.
VOICI UN MOIS QUE JE SUIS ARRIVÉE DANS CE LYCÉE.

J'AI DÉMÉNAGÉ SANS ARRÊT DEPUIS TOUTE PETITE...
... JE N'AI JAMAIS CONNU L'AMOUR...
... MAIS J'AI LA NETTE IMPRESSION QUE CE GARÇON ME MANIPULE DEPUIS LE DÉBUT...
... ENFIN, PEUT-ÊTRE.
JE SAVAIS QUE JE N'AURAIS PAS DÛ INVESTIR DANS CETTE ENTREPRISE.
ÇA BAISSE POUR LE MOMENT, MAIS ÇA VA BIEN FINIR PAR REMONTER.
TOUT À FAIT.
...
AAAH...
TOUS LES CINQ !
ILS NE PEUVENT VRAIMENT RIEN FAIRE COMME TOUT LE MONDE ?!
Pourquoi des lycéens se préoccupent des cours de la Bourse ?!
GNOOOH !
À PROPOS, PRINCESSE...

OH, OUI.
JE DOIS AVOUER QUE ÇA M'ENNUIE DE PASSER UNE AUDITION APRÈS L'AUTRE.
ET PUIS, JE VEUX ÉVITER DE ME PLANTER SUR LEURS INTENTIONS, LA PROCHAINE FOIS...
TU AS ARRÊTÉ DE DIRE QUE TU VOULAIS DES AMIS !
TAKUI IWABUCHI.
DONC, JE ME DIS QU'ÊTRE TOUTE SEULE POUR LE MOMENT, C'EST BIEN AUSSI...
Ha Ha...
EH BIEN...
... MOI, JE SUIS CONTENT.
SI TU N'AS PAS D'AMIS...
... TU RESTERAS PLUS LONGTEMPS AVEC NOUS !
NAO ARISAWA.

Hé Hé !
MERCI, NAO !
Nao, tu la colles trop !
D'AILLEURS...
TU NE VEUX PAS PLUTÔT ÊTRE LA NÔTRE...
... D'AMIE ?
JUN TAIRAKU.
HEIN ?
ÇA TE POSE UN PROBLÈME ?
OH...
QUOIIII ?!
SHLING
BEN...

FILLES
JUSQU'
PRÉSENT
JE N'AVAIS TOUJOURS RÉFLÉCHI QU'EN TERMES D'AMIES...
GARÇONS
... MAIS IL Y A AUSSI LES AMIS ?!
Waaaah !
ZOUIP
V...
VOUS ...
... M'ACCEPTERIEZ POUR AMIE ?!
DZING
HEIN ?!
EUH... BAH...
HMBLM...
EXPLIQUONS POUR QUELLE RAISON IL NE PARVIENT PAS...
... À RÉPONDRE DU TAC AU TAC.
PASSONS EN TAKUIVISION...
CLING !
CLING !

EN FAIT, JE NOURRIS DE TENDRES SENTIMENTS POUR LA PRINCESSE...
... MAIS À L'INSTANT OÙ J'AURAIS DÛ LUI PROPOSER DE DEVENIR SON AMI, EN NE PENSANT QU'À SES SENTIMENTS À ELLE...
NOOON !
Bien sûr, elle ne le sait pas.
... J'AI RÉALISÉ QUE J'AURAIS NIÉ AINSI LES MIENS...
Hm...
AAAAH ! LE PROBLÈME DÉPASSE MES CAPACITÉS MENTALES !!
RHÂÂÂÂÂ !!
TAKUI ?
FIN DE LA TAKUIVISION.
SHH
SI TU LE VEUX BIEN, JE RÉPONDRAI À TES ATTENTES.
KOJIRÔ YAUCHI.

* CENTRE DE DOCUMENTATION ET D'INFORMATION DU LYCÉE.

JE M'Y COLLE.
GASP !
Toshi ?!
OH...
QUELLE GÉNÉROSITÉ, SHIMIZU...
BON COURAGE À TOUS LES DEUX, ALORS.
MERCI !
ENFIN, JE DIS ÇA...
... MAIS TU AS PEUT-ÊTRE UNE IDÉE DERRIÈRE LA TÊTE ?

POURQUOI
JE SUIS TOUJOURS GENTIL, MOI !
...
LUI ALORS...
IL A L'AIR AUSSI INNOCENT QU'UN CHAT AVEC UN OISEAU DANS LA GUEULE !!
BROOOO ゴロ
BROOO ゴロ
BROOOO ゴロ
OH, NON... LE TONNERRE... ET IL VA PLEUVOIR...
J'AI INTÉRÊT À VITE FINIR AVANT QUE ÇA ÉCLATE...
CDI
BIP ピッ

IL FAUT PRENDRE UN VOLEUR, LÀ !
POURQUOI PAS UN SAMOURAÏ ?
AH NON ! IL A UN NIVEAU MOINDRE EN ATTAQUE !
MAIS IL PEUT TUER EN UN COUP !
ON S'EN FICHE, DÉGOMME-LE !
SHKRISH
!
OUI.
HOP
ASSEZ JOUÉ, DÉBARRASSEZ LE PLANCHER.
QU'EST-CE QUE VOUS FABRIQUEZ ?!
VOUS NE VOUDRIEZ PAS RENTRER CHEZ VOUS ? VOUS GÊNEZ, LÀ !
WOOSSSSSH
Aaaah ! Les fils !!

T'es gonflé, Toshi, tu jouais aussi !
D'ABORD, NOUS, TOUT CE QU'ON VOULAIT...
... C'ÉTAIT T'EMPÊCHER D'AGRESSER LA PRINCESSE DANS CETTE SALLE SANS FENÊTRES. ON S'INQUIÉTAIT...
AH ?
Ha Ha Ha !
N'IMPORTE QUOI !
IL NE RISQUE PAS DE S'EN PRENDRE À MOI !
Pas la peine de vous en faire.
ET PUIS...
Tiens.
... JE M'ESTIME HEUREUSE QU'IL N'Y AIT PAS DE FENÊTRES.
Ça m'évite de voir les éclairs.
COMMENT ÇA ?
TU AS PEUR DE L'ORAGE ?

... ET ALORS ?
JE NE POURRAIS PAS M'ENTENDRE AVEC QUELQU'UN QUI N'AURAIT PAS DE PETITE FAIBLESSE.
CE N'EST PAS CE QUE...
POUR LE MOMENT...
... ON GÊNE, DONC ON VA ALLER SE FAIRE PENDRE AILLEURS.
HEEE ?!
NAAAAN !!
ZE VEUX PAAAS !!
GIGOTE
GIGOTE
Oh !
KOJIRÔ...
ON A DEUX CLEFS, JE T'EN CONFIE UNE.
OUI, CHEF.
Lâche-moiii...

CLAC
... Fiouuu !
ENFIN, UN PEU DE CALME !
POURQUOI VOUS FAITES TOUJOURS AUTANT DE BRUIT ?
TU TROUVES ?
OUI, QUAND MÊME !
ÇA FAIT DU BIEN D'AVOIR DE VRAIS AMIS...
... MAIS BON...
TU ES JOLIE.
BLAF
TRAVAILLE AU LIEU DE DIRE DES BÊTISES !
TIC TAC
TIC TAC
TIC TAC

HMMM...
Ça craint...
C'EST TROP CALME, CETTE FOIS...
... ON ENTENDRAIT UNE MOUCHE VOLER.
TSING
AU FAIT...
... ON NE S'EST PRATIQUEMENT JAMAIS...
... RETROUVES SEULS TOUS LES DEUX...
QUOI ?
BOBOM
RIEN !
JE N'ENTENDS PAS LE TONNERRE, JE ME DEMANDE SI L'ORAGE EST PASSÉ.
LA SALLE EST INSONORISÉE...
... SI ÇA SE TROUVE, ÇA A EMPIRÉ.
Hé hé !
TU CROIS ?!

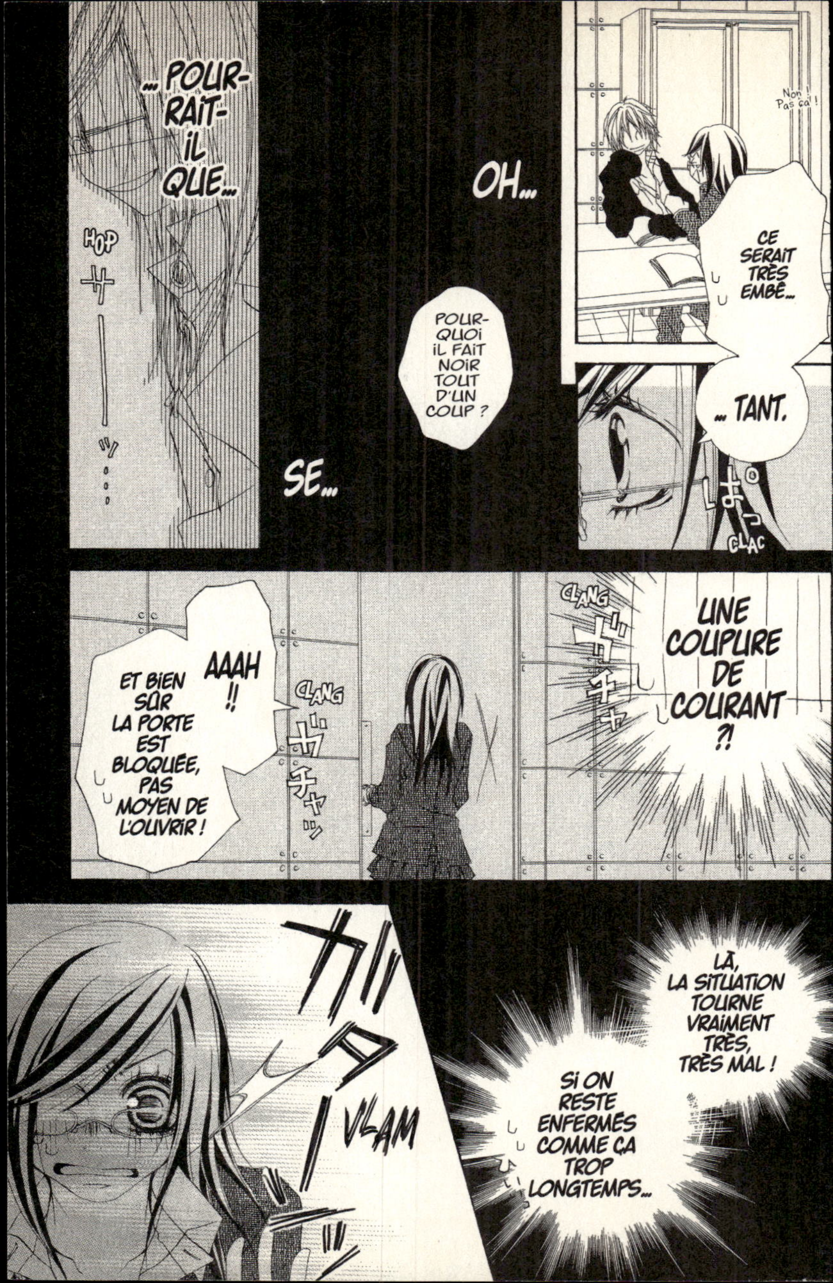
Non ! Pas ça !
CE SERAIT TRÈS EMBÊ...
... TANT.
CLAC
OH...
POURQUOI IL FAIT NOIR TOUT D'UN COUP ?
SE...
... POURRAIT-IL QUE...
HOP
UNE COUPURE DE COURANT ?!
CLANG
CLANG
AAAH !!
ET BIEN SÛR LA PORTE EST BLOQUÉE, PAS MOYEN DE L'OUVRIR !
LÀ, LA SITUATION TOURNE VRAIMENT TRÈS, TRÈS MAL !
SI ON RESTE ENFERMÉS COMME ÇA TROP LONGTEMPS...
VLAM

QUOi ?!
QU'EST-CE QUi T'ARR...

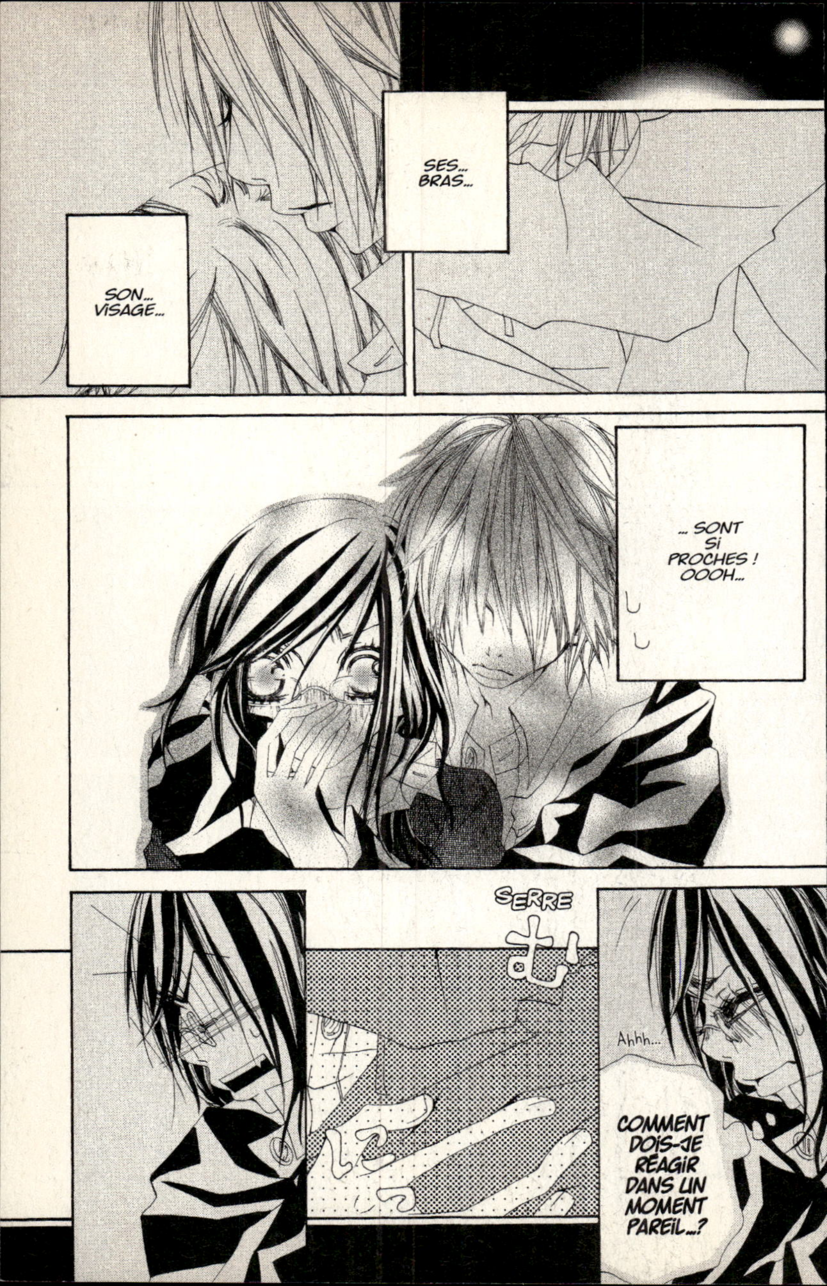
SES... BRAS...
SON... VISAGE...
... SONT SI PROCHES ! OOOH...
SERRE
Ahhh...
COMMENT DOIS-JE RÉAGIR DANS UN MOMENT PAREIL...?

SATYRE, OBSÉDÉ, PERVERS ! AU VIOL !!
WAAAH !
VLAN
AÏE ! JE L'AI PAS FAIT EXPR...
T'ESPÈRES QUE JE VAIS CROIRE ÇA ?!
CRAC
...
NE RIS PAS !
HEIN ?
OH... MES YEUX COMMENCENT À S'HABITUER À L'OBSCURITÉ.
WOOOH
J'AI...
... PEUR...
... DU NOIR.

...
NE TE TAIS PAS.
J'AIMERAIS ENCORE MIEUX QUE TU RIGO...
TOUT VA BIEN ?!

OH...
QU'EST-CE QU'IL FAUT FAIRE DANS DES MOMENTS PAREILS ?
ET SI TU FERMAIS LES YEUX ?
COMME ÇA, TU NE SAURAIS PLUS QUE TU ES DANS LE NOIR.
Euuuh...
JE N'AI PAS DE MEILLEURE IDÉE !
PFFF...
DANS CE CAS...
... ON VA SE METTRE COMME ÇA...

... JUSQU'À CE QUE LA LUMIÈRE REVIENNE.
TIC
PERSONNE ...
... NE VIENT NOUS CHERCHER.
NON.
ILS NOUS ONT OUBLIÉS, TU CROIS ?
OUI.
MAIS...
ÇA FAIT CINQ FOIS QU'ON A CETTE DISCUSSION.
Sérieux ?!
MOUI...

DANS NOTRE SITUATION...
... LE PLUS BIZARRE SERAIT DE NE PAS ÊTRE TENDUS...
... MAIS LÀ...
... JE CROIS QU'IL EST COMMUNÉMENT ADMIS...
... QUE SEULS LES AMOUREUX SE TIENNENT AINSI, NON ?!
Je l'avais jamais fait, moi !
T'AS LA MAIN QUI TREMBLE, PRINCESSE ?!
DZING
ドキッ
HEIIIN ?
Ah...
PAS DU TOUT ! COMMENT TU PEUX PENSER ÇA ?!
SÛRE ?
SÛRE ! T'AS RÊVÉ !!
Hmmm...
SI TU LE DIS...

J'AURAIS BIEN AIME QUE CE NE SOIT PAS MON IMAGINATION.
AH OUI ?
DOMMAGE POUR TOI !
Hi Hi !
TU T'EXPRIMES BIEN CALMEMENT AUJOURD'HUI, PRINCESSE...
CE QUE JE TROUVE DOMMAGE, C'EST QUE JE NE PUISSE PAS VOIR TON VISAGE.

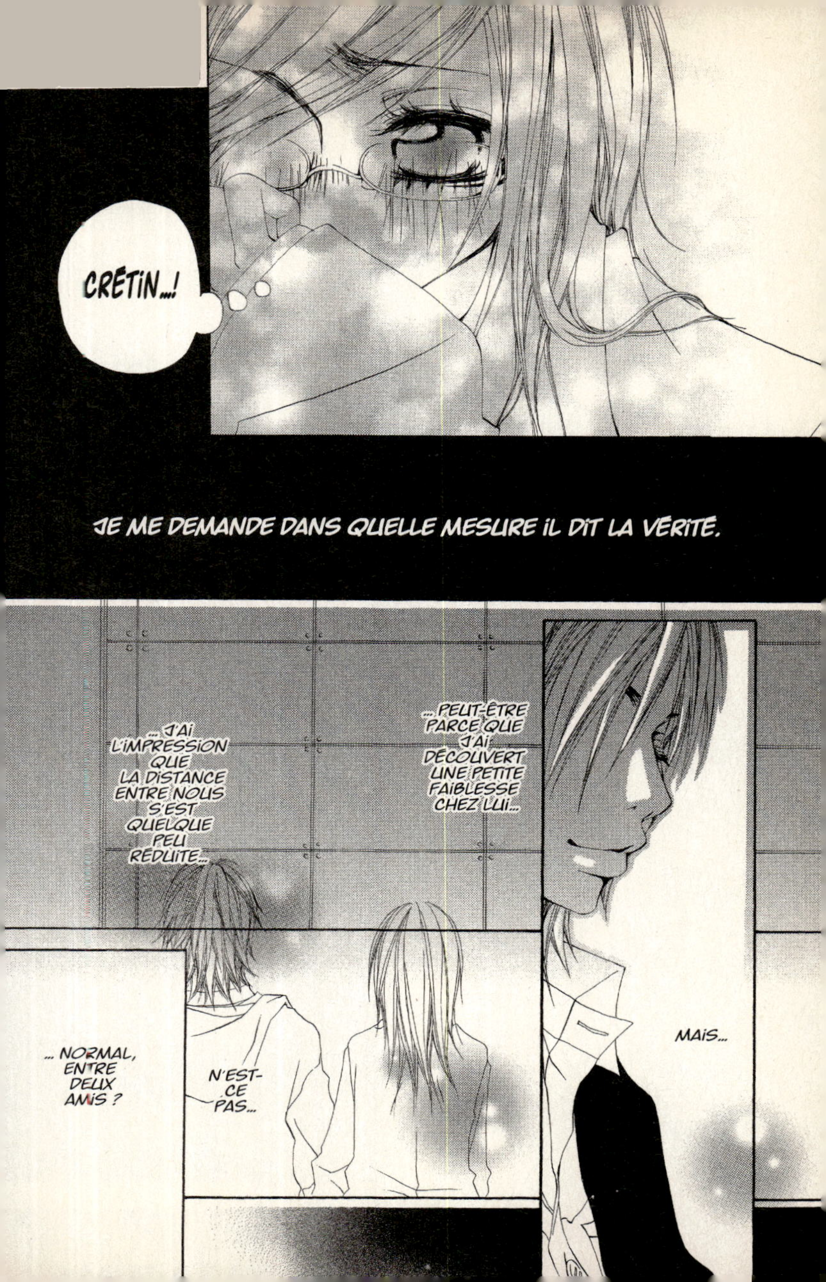
CRÉTIN...!
JE ME DEMANDE DANS QUELLE MESURE IL DIT LA VÉRITÉ.
... PEUT-ÊTRE PARCE QUE J'AI DÉCOUVERT UNE PETITE FAIBLESSE CHEZ LUI...
... J'AI L'IMPRESSION QUE LA DISTANCE ENTRE NOUS S'EST QUELQUE PEU RÉDUITE...
MAIS...
N'EST-CE PAS...
... NORMAL, ENTRE DEUX AMIS ?

POUR L'INSTANT...
... JE L'IGNORE ENCORE.
AH ! DÉPÊCHE-TOI D'OUVRIR !
J'AI BEAU AVOIR L'HABITUDE, J'AI DU MAL AVEC CETTE PORTE...
JUSTEMENT, GROUILLE-TOI !
BIIIP
ピピッ
CLAC
カチャッ
...

AH BEN, QUI L'EÛT CRU ?
Elle bave...
AU FOND...
... PEU IMPORTE, POUR LE MOMENT.

Hé, dis !
TOSHi...
VU QUE T'AS PEUR DU NOIR...
... TU DORMiRAiS PAS LA LUMiÈRE ALLUMÉE, PAR HASARD ?
#2,5
FIVE
QUESTION IMPROMPTUE, DEUXIÈME
Si, BiEN SÛR.
DONC, TU L'ALLUMES QUOi QUE TU FASSES ?
DiS DONC, ÇA NE DOiT PAS ÊTRE COMMODE !
OUi. C'EST POUR ÇA QUE...

... IL ME FAUT DES FILLES QUI AIMENT LE FAIRE AVEC LA LUMIÈRE.
Hm...
BEN POURQUOI ?
Faire quoi, d'ailleurs ?

Naaan !
ENFER ET DAMNATION !!
JE NE ME SUIS PAS RÉVEILLÉE !
J'ARRIVERAI JAMAIS À L'HEU...
... RE ?

#3
FIVE
UN PETIT CAFÉ ?

SALUT !

DOOOOONG
EUUUH... MAIS QU'EST-CE QUE TU FICHES ICI ?
Si tôt le matin...
J'AI ÉTÉ BIEN INSPIRÉ DE VENIR.
ON DIRAIT QUE T'ALLAIS ÊTRE EN RETARD, POUR UNE FOIS.
ÇA T'ARRIVE D'ÉCOUTER QUAND ON TE PARLE ?
LUI, C'EST TOSHI SHIMIZU.
OUAIS...
UN ESPRIT BRILLANT DANS UN CORPS DE RÊVE (À EN CROIRE SON ENTOURAGE)...
... MAIS...

... EN FAIT C'EST UN SALE DÉBAUCHE, UN VIL DRAGUEUR...
... UN DÉMON MAJEUR DU STUPRE ET DE LA LUXURE !
EN SELLE.
POF
MAIiiS ?!
VRRR
ACCROCHE-TOI BIEN.
De quoi ?!
ATTENDS !
VRRR
VRRRRROUM
AAAAAH !!!
POURTANT, AUJOURD'HUI ENCORE...
PFFF...
... J'AI LA VAGUE IMPRESSION QU'IL ME MANIPULE...

PARDON ?
2-A
DES AGRESSIONS GRATUITES ?
PFOUUU
OUI. LA FIN DU TRIMESTRE APPROCHE...
QUEL RAPPORT AVEC LA VAGUE D'AGRESSIONS ?
NOTRE LYCÉE RÉPARTIT LES ÉLÈVES PAR NIVEAU.
DU COUP, IL N'EST PAS RARE QUE...
... CEUX DES MOINS BONNES CLASSES S'EN PRENNENT PHYSIQUEMENT AUX "A+".

ATTENDS UNE MINUTE !
SI TOUT LE MONDE LE SAIT, POURQUOI L'ÉCOLE NE RÉAGIT PAS ?!
BEN, LES AGRESSEURS RESTENT DES ÉLÈVES DE CHEZ NOUS.
LES DÉNONCER À LA POLICE FERAIT CHUTER LA RÉPUTATION DU LYCÉE, TU CROIS PAS ?
C'EST PAS UNE RAISON POUR QU'ILS S'EN SORTENT !!
ROAR
Ça...
LE DANGER EST BIEN RÉEL, EN TOUT CAS.
IL TE FAUDRAIT UN MOYEN DE DÉFENSE, À TOI AUSSI, PRINCESSE.
Un moyen de défense...

GENRE, ÇA ?
SHOUP ぽん
SHOUP ぽん
JE CROIS QU'IL A DE QUOI COUPER COURT AUX SARCASMES...
ME REVOILÀ !
ET C'EST ENCORE UNE PÊCHE MIRACULEUSE !
CLAP パチ
CLAP パチ
CLAP パチ
OOOH !
Bravo !!
CLAP パチ
POUR LE RAVITAIL-LEMENT, C'EST TAKUI LE CHAMPION !
LA VIEILLE DE LA CANTINE NE FAIT DE RISTOURNES QU'À LUI.
TU M'ÉTONNES ! C'EST UN VRAI CERBÈRE !
VOILÀ POUR TOI, PRINCESSE.
CAFÉ

OH...
EUH...
CAFÉ
DÉSOLÉE...
JE... JE NE BOIS PAS DE CAFÉ.
AH ?
POURQUOI ?
TU TROUVES ÇA TROP AMER, OU AUTRE GAMINERIE DU MÊME GENRE ?
GRRR
Dis donc, toi !
C'EST PAS CE QUE TU CROIS, O.K. ?
MES PARENTS M'ONT FORMELLEMENT INTERDIT D'EN BOIRE !

SES PARENTS ?!
CAFÉ
Thé
32
J'EN AI BU UNE FOIS QUAND J'ÉTAIS PETITE, ET JE NE SAIS PAS CE QUI A SUIVI...
... MAIS QUAND J'AI REPRIS CONSCIENCE, MES PARENTS PLEURAIENT ET ILS M'ONT SUPPLIÉE DE NE JAMAIS RECOMMENCER.
Dix ans plus tôt
TU APPELLES ÇA UNE RAISON, TOI ?!
Pfff... Hi hi hi !
MOI-MÊME, JE ME DEMANDE CE QUE...
ZASH
GRRR GRRR
Mais c'est qu'il ne me croirait pas, l'animal ?!
J'Y PEUX RIEN, MOI !

LÀ, IL FAUT À TOUT PRIX QU'ON SACHE CE QUE ÇA DONNE.
CAFÉ
CAFÉ
GLOU GLOU
THÉ
... HEIN ?
ALLEZ...
キュピーン
TSIIING
CAFÉ
ずずずいっ
TATAAAN
N...
NOOON !!!
BON...
JE VAIS CHERCHER MA BÉCANE.

VA M'ATTENDRE À L'ENTRÉE PRINCIPALE.
MAIS, EUH...
... TU M'AS DÉJÀ ACCOMPAGNÉE CE MATIN, JE DOIS POUVOIR ME DÉBROUILLER SEULE POUR LE RETOUR.
FACILE À DIRE... ET S'IL T'ARRIVE QUELQUE CHOSE ?
À plus tard !
À demain !
QUOIQUE...
... VU TA FORCE, EN FAIT TU NE CRAINS PAS GRAND-CHOSE.
...
Pardon...
ALLEZ, À TOUT À L'HEURE.
HÉ !
ATTENDS !
IL N'ARRÊTE PAS DE PARLER D'AGRESSIONS GRATUITES...
... MAIS NORMALEMENT, PERSONNE NE S'EN PRENDRAIT À UNE FILLE, QUAND MÊME ?
Hm...

ET POURTANT... COMME IL NE S'EST JAMAIS PAYÉ MA TÊTE SUR DES SUJETS AUSSI IMPORTANTS, JE SUIS UN PEU TROUBLÉE...
PRINCESSE !
OH !
LES GARÇONS...
Désolée !
EN LOQUES...
TIENS ? OÙ EST KOJIRÔ ?
PARTI DONNER DES COURS AU CLUB DE KENDO.

ON VOULAIT TE DEMANDER PARDON.
AH ?
ON T'AURAIT BIEN ESCORTÉE, MAIS ÇA NE SERVIRAIT À RIEN...
HI ! HI !
EN CAS DE BESOIN, TU POURRAS TOUJOURS COMPTER SUR TOSHI. ♡
VOUS VOUS INQUIÉTEZ VRAIMENT BEAUCOUP TROP !
POURQUOI VOUS ÊTES SI...
LAISSE-NOUS NOUS FAIRE DU SOUCI.
POF
C'EST PARCE QU'IL Y A QUELQU'UN QUI S'INQUIÈTE POUR TOI...
... QUE TU PEUX TE REPOSER TRANQUILLEMENT SUR LUI.

HE ! BAS LES PATTES AVEC LA PRINCESSE TOI !
OUi !!
FAIS ATTENTION SUR LA ROUTE, PRINCESSE !
À demain !
Bye-bye !
ばいばーい
COMMENT ÇA ?
OUi...
JE...

EST-CE QUE JE PEUX VRAIMENT ME REPOSER SUR LUI... DANS DES MOMENTS PAREILS ?
TROUUUVÉE !
HEIN ?
MM...
HMPF !
MMM !
OH... NON !
C'EST PAS VRAI...
WOOOH
DIRE QUE JE NE SUIS MÊME PAS... ENCORE... SORTIE DU LYCÉE...

iLS S'EN PRENNEN VRAIMENT AUX FILLE CES ORDURES
BLOF
ET D'UNE !
Yeah !
TOOOSHi !! ♡
ATTENDS-MOi !!
TU T'OCCUPES PLUS DU TOUT DE MOi EN CE MOMENT !
Je m'ennuie quand t'es pas là, moi !

LÂCHE-MOI, JE SUIS PRESSÉ, LÀ.
T'ES PAS SYMPA !!
DONC C'EST VRAI, CE QU'ON RACONTE...
... QUE T'AS FLASHÉ SUR LA BINOCLARDE DES "A+"...
LÂCHE-MOI, J'TE DIS !
!
HE HE...

EXCUSE-MOI, HEIN !
OH...
QUELLE PLAIE !
... JE RÊVE...

VOUS AUSSI ?!
Vous servez vraiment à rien...
Toshiii !
Ouiiiin !
DOOOOOOOOOOONG
POUR CACHER UN ARBRE, ON LE MET DANS LA FORÊT...
... POUR CACHER UN ÉLÈVE DE SHÛEI, ON LE MET DANS LE LYCÉE SHÛEI...
PERSONNE NE PENSERA À VENIR VOUS CHERCHER AU DERNIER ÉTAGE DU GYMNASE, DANS LA SALLE DE PING-PONG !
MWAAAH HA HA HA HA HA HA HA HA HA !

DONC...
... VOUS ÊTES DU CLUB DE PING-PONG ?
ZUT ! DÉMASQUÉS !!
DZiiiNG
MÊME PAS VRAI ! ON EST... EUH...
JE VOUS AI BIEN RECONNUS, HEIN !
QU'EST-CE QUE VOUS COMPTEZ FAIRE DE ÇA, MAINTENANT ?
EUH...
CLING
PAS MOYEN DE SE DÉBARRASSER DE CES MENOTTES PAR LA FORCE...
J'ai tout essayé !
JE...
T'AS VU OÙ EST PLANQUÉE LA CLÉ ?
NON.
Gnnn...
ARRÊTEZ DE PAPOTER COMME SI ON N'ÉTAIT PAS LÀ !!

DITES DONC...
VOUS RÉALISEZ DANS QUELLE SITUATION VOUS VOUS TROUVEZ ?
ON A L'AVANTAGE SUR TOUS LES TABLEAUX.
BLOF
PRINCESSE ?!
SALE BRUTE ! SI TU NE TRAITES PAS LA PRINCESSE AVEC PLUS DE DOUCEUR...
Ouiiiin ! Princesse !
RHÂÂÂ !
OUI ?
Gni hi hi !
QUE VA-T-IL M'ARRIVER, VAS-Y ?
Hmm ?
MAL
JE SAIS PAS.
TUER
AAAH ! UN DÉMON ! IL Y A UN DÉMON ASSIS JUSTE LÀ !
Hein ?!

BLAM
PFFF...
PLOC
AAAH ! PRINCESSE !!
CAFÉ
DIS...
TU SAIS QU'ON PEUT MOURIR SI ON INSPIRE PLUS D'UNE BOUFFÉE DE CHLOROFORME ?
DZING
HEIN ?
ME DIS PAS QUE T'EN AS UTILISÉ SANS TE RENSEIGNER ?
AVOUE QUE C'EST BIZARRE.
TU LA SECOUES DANS TOUS LES SENS, ET PAS LE MOINDRE SIGNE DE RÉVEIL.

WAAAH...
QUEL-QU'UN SAIT...
SÉRIEUX ?
WAAAH...
CAFE.
FAIS-LUI BOIRE DU CAFE ET TOUT IRA BIEN.
ALORS LÀ, JE SAIS QUE TU MENS !!
Tu te coucheras moins bête ce soir ! Hé hé !
LE CAFE, C'EST PAS UN CONTRE-POISON !
T'es bête ou quoi ?!
TU BLUFFES POUR ESSAYER DE M'EMBROUILLER LA TÊTE ! MAIS ÇA NE PREND PAS !!
JE TE FORCE PAS À ME CROIRE.
LEQUEL EST LE PLUS BÊTE DES DEUX ?

DAM
DAM DAM
CLUB DE KENDO
BAM
KOJIRÔ !!
QU'EST-CE QU'IL Y A ?
QU'EST-CE QUE VOUS AVEZ ENCORE FAIT, TES COPAINS ET TOI ?
?
UN POTE À MOI M'A DIT...
... QU'IL AVAIT VU LA FILLE D'"A+" SE FAIRE KIDNAPPER !!
ALORS...?

ON N'A RIEN À PERDRE À LUI FAIRE AVALER UN PEU DE CAFÉ...
WAAAH !
PAS FAUX.
WAAAH !
APRÈS TOUT, C'EST QUAND MÊME UN "A+", CE TYPE.
ON NE SAIT JAMAIS, SON HISTOIRE EST PEUT-ÊTRE VRAIE...
WAAH !
HE...
POURQUOI T'AS MENTI POUR LE CAFÉ ?
HM ? SIMPLE CURIOSITÉ.
Il a le mérite d'être franc.
QUOI ?!
JE VEUX JUSTE VOIR...
... CE QUI SE PASSE QUAND ELLE BOIT DU CAFÉ !
Le suspense est insoutenable !
ÇA Y EST, ELLE A BU !
Espèce de...
VLAN
BLOM
?!

OUILLE OUILLE OUILLE ...
TSSS...
POF
FAIRE DORMIR UNE FILLE À MÊME LE PLANCHER, VOUS DEVRIEZ AVOIR HONTE !
POF
VOUS CROYEZ QUE C'EST UNE FAÇON DE TRAITER SES OTAGES ?
VOUS ÊTES TARÉS OU QUOI ?
... PRINCESSE ?
ZASH
ZUT !
LÀ, TU M'AS VRAIMENT FÂCHÉE.

WOOSH
PRINCESSE ?!

PIF PAF
HA HA HA HA HA HA HA!
MWAH HA HA HA HA HA HA HA HA HA!
ELLE... ELLE RIT...
... OUI.
JE DIRAIS SURTOUT...
... QU'ELLE EST COMPLÈTEMENT SAOULE !!!
En plus, elle ne nous a pas prêté la moindre attention !
HAAA HA HA HA HA HA HA HA HA!
BAM
Oui, forcément... voilà ce que ses parents voulaient empêcher.
Ha Ha !
MAIS OUI ! FAUT QU'ON FASSE QUELQUE CHOSE POUR NOS MENOTT... OH !
Vioum
AAAAAAAAAH !!!
BAM
C'EST PAS LE MOMENT DE RIRE, TOSHI !!

PRINCESSE, ATTENTION !!!
BAM
BAM
BAM
... TU GÊNES.

PIF
POURQUOI ELLE ?!
DZING
BLOF
CLING
ATTRAPE.

IL L'A TUÉ !!!
KYAAAAAAH !!
IL L'A JETÉE !!!
WAAAAAAAH !!
...
TIENS ?
にやっ
Hé Hé...
NORMAL.
BLOF
RÉCEPTION...
10/10 !

SALUT !
BLAM
PFFF...
TU T'ES FAIT DÉSIRER, KOJIRÔ.
ZAM

HM...
... MMM...
GOUIP
...
ON SE CHARGE DE TERMINER LE TRAVAIL.
ZZZZZ...
DIS DONC, TOI !!
DÉFENSE DE LUI FAIRE DES MAMOURS, DE FAIRE LE FIER ET DE NOUS IGNORER ! NON MAIS !!
TOSHI, QUAND EST-CE QUE TU T'ES LIBÉRÉ ?!
C'EST-UN-SE-CRET ! ♡
Z
JE VAIS TE TUER !!
OUAIS, OUAIS, C'EST ÇA.
KOJIRÔ ! JE M'OCCUPE D'EUX, JE PEUX TE CONFIER ÇA, LÀ-BAS ?
OUI...

C'ÉTAIT PRÉVU DEPUIS LE DÉBUT.
... OH...
IL L'A EU.
DZING
Hiii...
MAMAN !!
BRRR
WAAAAAAAAAA !!
DANS VOS RÊVES.
Courage, fuyons !!!

EH BIEN, EH BIEN...
IL N'Y VA PAS AVEC LE DOS DE LA CUILLÈRE.
FFFFH ! FFFFFH !
ふーふー
NON, JUSTE AVEC LE PLAT DU SABRE...
ふわぁー
EUAAAAAH!
MAIS...
LE LAISSER EN FINIR AINSI NE NOUS AVANCERAIT À RIEN.

TING
BRRR
BRRR
TU...
... M'AS SAUV...
"PARDON."
"JE NE LE FERAI PLUS."
TU DOIS ENCORE ÊTRE CAPABLE D'ARTICULER CE GENRE DE CHOSES...
... POUR LE MOMENT.

BRRR
JE...
JE CHUIS DÉJOLÉ...
... POUR TOUT.
LE JOUR SUIVANT...
... J'AI EU BEAU LES HARCELER DE QUESTIONS, JE N'AVAIS GARDÉ AUCUN SOUVENIR DE TOUT CECI...
HE...
JUSQU'À QUAND TU COMPTES RESTER COMME ÇA ?
J'EN SAIS RIEN.
DEMANDE-LUI À ELLE, PLUTÔT.
Ouiiin !
Princeeesse !
Princesse !
ELLE SERRE FORT.
Y A PAS MOYEN, C'EST BIEN POUR ÇA QUE JE TE POSE LA QUESTION !!
HM...
... MAIS...

... CETTE JOURNÉE EST RESTÉE...
LES GARÇONS...
ATT... ENDEZ...
JE VAIS...
... VOUS SAUVER... O.K. ?
Hmmm...
ZZZZZZZ...
C'EST COOL...
... QUE NOTRE PRINCESSE SACHE MONTRER LES CROCS POUR SES AMIS.

MAIS...
... IL FAUT VRAIMENT TOUJOURS AVOIR UN OEIL SUR ELLE.
... TRÈS, TRÈS CHÈRE À MON COEUR.
ON EST COUPABLES !
SNIF, SNIF !
SNIF SNIF !
LENDEMAIN DIFFICILE
Mais qu'est-ce qui m'arrive ?!
BANG
BANG
LENDEMAIN TRÈS DIFFICILE

UXIÈME ANNÉE PREMIER TRIMESTRE
CLASSEMENT GÉNÉRAL DES RÉSULTATS
AUX EXAMENS DE FIN DE TRIMESTRE
3,5
FIVE
5 + 1 = 6 BONNES EXCUSES
WOAH...

TOSHI SHIMIZU
1er
AH OUAIS...
COMME ÇA ?
NAO ARISAWA
2e
JE ME SUIS TROMPÉ DANS UNE ADDITION...
OUIIIN !
うぇーーん
HINA ASOU
3e
PFFF...
ふーー…
J'AI TOUJOURS AUTANT DE MAL À RETENIR LES KANJIS...

KOJIRÔ YAUCHI
4
...
ふむ。
Hum.
JUN TAIRAKU
5
PFOU...
J'AI SOMMEIL...
TAKUI IWABUCHI
6
GNAAAAA ! POURQUOI, MAIS POURQUOI J'AI PASSÉ LA NUIT AVANT LES EXAMS À JOUER À LA CONSOLE ?!
J'AURAIS DÛ RÉVISER PLUS SÉRIEUSEMENT !

DIS DONC, LE SOUS-TITRE DIT DE SE CHERCHER DES EXCUSES...
Trouve quelque chose !
HM ?

BONUS

23e
YOUPI, J'AI GAGNE DES PLACES !
GUNDAM
AFRO
...
14e

LES EXAMENS DE FIN DE TRIMEST SE SONT TERMINÉS SANS ENCOMBRE
... MAIS ALORS QUE JE PENSAIS QUE NOUS ALLIONS REVENIR À LA ROUTINE...
HEIN ?
UNE FÊTE DU SPORT...
... DE SURVIE ?
YEP.
ÇA PROMET D'ÊTRE INTÉRESSANT, NON ?

FIVE
0 1 2 3 4 5 6 7 8 9
#4
FIVE
L'HEURE DE LA BATTLE ROYALE A SONNÉ !

BIEN !
CETTE ANNÉE ENCORE, LE TEMPS DU GRAND TOURNOI SPORTIF DU LYCÉE SHÛEI EST REVENU !
♫ POUM POUM PIDOU ♪
IL NE SERAIT PAS EXAGÉRÉ DE DIRE QUE CETTE JOURNÉE DÉCIDERA DE VOTRE AVENIR !
COMBATTEZ LOYALEMENT JUSQU'À VOTRE DERNIER SOUFFLE, POUR N'AVOIR AUCUN REGRET !!
YEAH !
À PRÉSENT MES CHERS AMIS, BAS LES MASQUES !

VOUS POUVEZ DÉCOUVRIR LE TERRAIN DE LA RENCONTRE !!
PLIC
...
ON EST OÙ, LÀ ?!

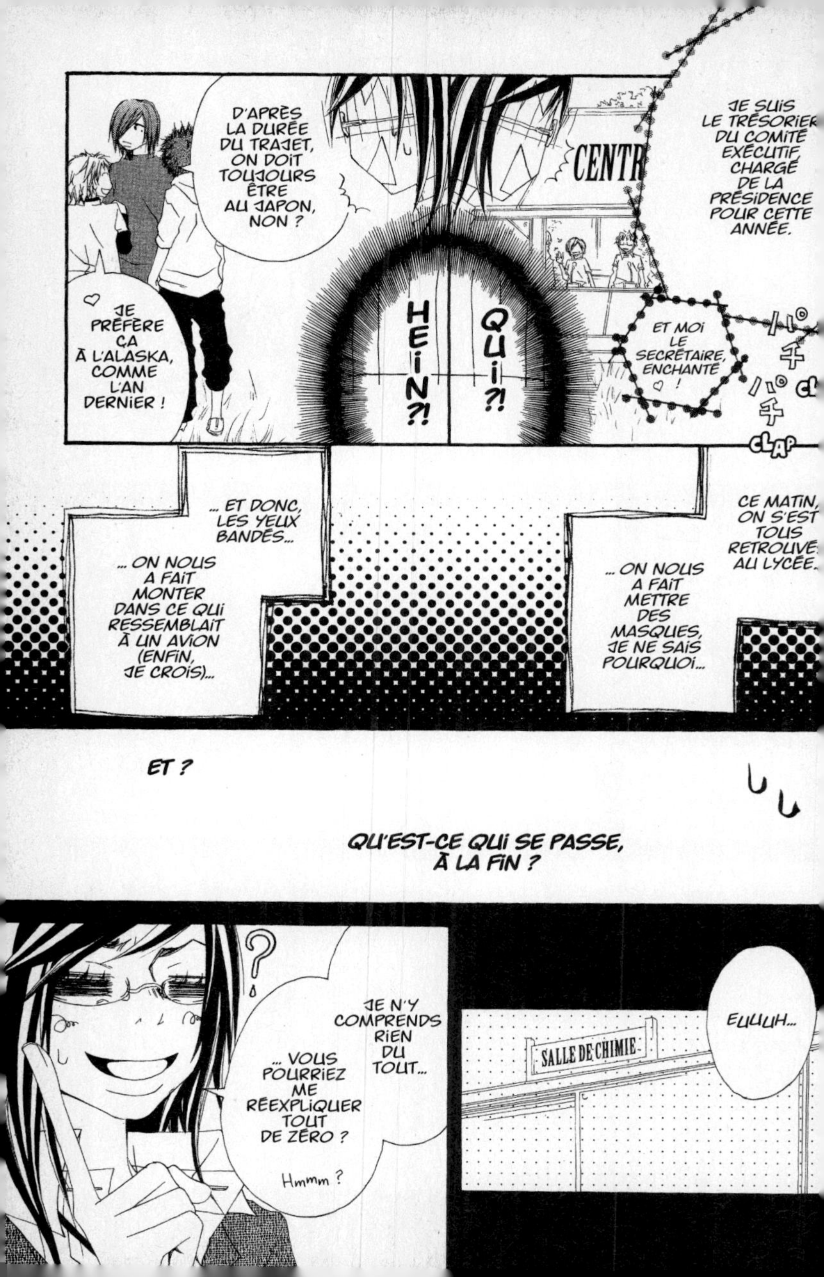
JE SUIS LE TRÉSORIER DU COMITÉ EXÉCUTIF CHARGÉ DE LA PRÉSIDENCE POUR CETTE ANNÉE.
ET MOI LE SECRÉTAIRE, ENCHANTÉ ♡ !
CLAP
CENTR
QUI ?!
HEIN ?!
D'APRÈS LA DURÉE DU TRAJET, ON DOIT TOUJOURS ÊTRE AU JAPON, NON ?
♡ JE PRÉFÈRE ÇA À L'ALASKA, COMME L'AN DERNIER !
CE MATIN, ON S'EST TOUS RETROUVÉS AU LYCÉE...
... ON NOUS A FAIT METTRE DES MASQUES, JE NE SAIS POURQUOI...
... ET DONC, LES YEUX BANDÉS...
... ON NOUS A FAIT MONTER DANS CE QUI RESSEMBLAIT À UN AVION (ENFIN, JE CROIS)...
ET ?
QU'EST-CE QUI SE PASSE, À LA FIN ?
EUUUH...
SALLE DE CHIMIE
JE N'Y COMPRENDS RIEN DU TOUT...
... VOUS POURRIEZ ME RÉEXPLIQUER TOUT DE ZÉRO ?
Hmmm ?

ALORS VOILÀ...
DANS NOTRE ÉCOLE, IL N'Y A PAS DE COURS DE GYM.
FÊTE DU SPORT
Donc...
LA NOTE D'E.P.S...
... SE JOUE EN UNE FOIS POUR L'ANNÉE, LORS DE LA FÊTE DU SPORT.
EN PLUS, ELLE COMPTE POUR LA RECOMMANDATION POUR LA FAC, DONC ON EST TOUS MOTIVÉS DE CHEZ MOTIVÉS !
ET POUR FAIRE BONNE MESURE, C'EST UNE FÊTE DU SPORT DE SURVIE.
DONC...
... LES NOTES SERONT ATTRIBUÉES PAR CLASSE, EN FONCTION DU CLASSEMENT GÉNÉRAL À LA FIN DES ÉPREUVES...
VOiiiLÀ !!
AUTRE POINT IMPORTANT...

CHACUN A LE DROIT...
... D'APPORTER UNE ARME, UNE SEULE.
UNE ARME ?
CE QU'ON VEUT, JUSQU'AUX CHOSES QUI EFFACENT TOUT.
EF... EFFACER, CARRÉ-MENT ?!
OUI, ENFIN VOILÀ, QUOI.
EN GROS, TOUT OBJET QUI NOUS SEMBLE POUVOIR ÊTRE UTILE DANS LA CATÉGORIE OÙ ON PARTICIPE.
BREF, ÇA PEUT ÊTRE N'IMPORTE QUOI.
OUI, OUIIIII !
MOI, CETTE ANNÉE, J'EMPORTE MON SKATE !

QUOI QUE TU CHOISISSES ...
... TON ARME AURA UNE GRANDE IMPORTANCE POUR LA SUITE...
... ALORS RÉFLÉCHIS BIEN À CE QUE TU EMMÈNES !
GLOUPS...
... ET DONC...
... JE CROYAIS AVOIR BÉNÉFICIÉ D'EXPLICATIONS GÉNÉRALES, MAIS LÀ...
... ÇA DÉPASSE L'ENTENDEMENT !!
C'EST LA JUNGLE, ICI !!
SHWAH
KWE
KWE
SHWAH
LA JUNGLE !!!
GNI HI HI !

SUR CE...
... NOUS ALLONS DONNER LE DÉPART À LA PREMIÈRE CATÉGORIE.
GAYA
ガヤ
QUE LES ÉLÈVES QUI PARTICIPENT À L'ÉPREUVE S'AVANCENT !
GAYA
ガヤ
BON...
J'Y VAIS.
DONNE-TOI À FOND !
ON EST AVEC TOI !
PREMIER INSCRIT : JUN TAIRAKU.
J'ai le ventre complètement noué...
VOICI LA PREMIÈRE ÉPREUVE...

... LA COURSE CONTRE LA MONTRE DE TRIGONOMÉTRIE !!
TADAM !
HM...?
POUR COMMENCER...
... VOUS ALLEZ FAIRE TRAVAILLER VOS MÉNINGES.
UN PROBLÈME VA À PRÉSENT S'AFFICHER SUR L'ÉCRAN...
... ET LA CLASSE LA PLUS RAPIDE À TROUVER LA RÉPONSE REMPORTE LA MANCHE !
ON NE VA QUAND MÊME PAS FAIRE QUE DU SPORT SOUS PRÉTEXTE QUE C'EST LA FÊTE DU SPORT, PAS VRAI ?
TOUT À FAIT ! ♡
ENTRA
OÙ EST LE SPORT LÀ-DEDANS ?!
C'est du délire !

JE NE SAVAIS PAS EN QUOI CONSISTERAIT LA PREMIÈRE MANCHE...
C'ÉTAIT PRÉVU ?
Hm ?
OUI, OUI !
EN PLUS, LES ÉPREUVES INTELLECTUELLES C'EST TOUT À NOTRE AVANTAGE, À NOUS, LES "A+" !
T'EN ES VRAIMENT SÛR ?
HEING ?!
ON DIRAIT QU'ILS ONT TOUS AMENÉ LES ARMES LES PLUS APPROPRIÉES...
FAUT PAS PARTIR BATTUS D'AVANCE, ILS ONT RAISON.
MAIS ALORS, COMMENT VA FAIRE TAIRAKU ?
ET VOICI LE PROBLÈME À RÉSOUDRE !

ぱ TADAAAAM
Soit D(t) la densité du flux électrique, et so
telle que P(t)=D(t)−ε.E(t) La grandeur
P(ω)=ε.χ(ω) E(ω) peut être exprimé
χ'(ω)=1/π P∫−∞ ∞ χ"(ω1)/(ω1−ω) dω1
χ"(ω)=−1/π P∫−∞ ∞ χ'(ω1)/(ω1−ω) dω1
(relation de Kramers–Kr
Grâce à la relation de Kramers-Kronig, on peut écrire :
[1+χ(ω1)]½−1=
ん…
ÉUH ?
ざわっ BROUHAHA
TU PARLES DE RACLURES, AU COMITÉ…
Pfff…
BROUHAHA
ざわ
MATHÉMATI
WOW…
Série de Fourier
Pα∂=pi−ε4
susceptibilité électrique χ(ω)
χ'(ω)=1/π P∫−∞ ∞ χ"(ω1)/(ω1−ω)
χ"(ω1)/(ω1−ω)
MAIS…
QU'EST-CE QUE… ?
CE…
… N'EST ABSOLUMENT PAS DE NOTRE NIVEAU !!
OUH LA LA LA LA LA LA LA…
"A+" OU PAS, ÇA NE CHANGE RIEN À L'AFFAIRE !
NORMALEMENT, C'EST JUSTE IMPOSSIBLE !
… "NORMALEMENT"…
… TU DIS ?

TROUVÉ !!
$n(\omega)-1=\frac{2}{\pi}\mathcal{P}\int_0^\infty \frac{\omega_1\,\varkappa(\omega_1)}{\omega_1^2-\omega^2}\,d\omega_1$
$\varkappa(\omega)=-\frac{2}{\pi}\mathcal{P}\int_0^\infty \frac{\omega\, n(\omega_1)}{\omega_1^2-\omega^2}\,d\omega_1$
... C'EST...
... LA BONNE RÉPONSE.

AAAAH...
PFFF...
ENCORE LES "A+" ?
BIEN JOUÉ, TAIRAKU !
WAOUH !
DIS, TAIRAKU, C'ÉTAIT QUOI, TON ARME ?
Je suis super impressionnée !
HM ? OH...
TU PARLES DE ÇA ?
ÉQUIPEMENT : UN CRAYON (N'A PAS SERVI)
DOOOONG
Il ne s'en est pas servi ?!
TU VOIS CE QUE JE VOULAIS DIRE PAR "NORMALEMENT" ?
POF
...
Il n'est pas normal ?!
... NOUS ALLONS PASSER À LA CATÉGORIE SUIVANTE.
À PRÉSENT...

OH, C'EST À MON TOUR...
LA DEUXIÈME ÉPREUVE...
... EST UN CONTRE-LA-MONTRE EN SHOPPING !
CANDIDAT N°2 : NAO ARISAWA
CETTE MAGNIFIQUE BOÎTE CONTIENT DE PETITS PAPIERS OÙ SONT INSCRITS DES ARTICLES ET DES PROVENANCES.
VOTRE MISSION CONSISTE À VOUS RENDRE À L'ENDROIT INDIQUÉ ET À ACHETER L'OBJET DEMANDÉ !
CE QUE VOUS TIREREZ DÉPENDRA DE VOTRE BONNE ÉTOILE !
Allez-y ! ♡
ÇA VA, HEIN, JE SAIS !
T'ES MAL SI TU TIRES UN TRUC À L'ÉTRANGER...
FROUSH FROUSH
"SI TU TIRES UN TRUC À L'ÉTRANGER" ?
Ils iraient jusque-là pour leur course ? C'est...

* MENTAIKO : NOM DONNÉ AUX ŒUFS DE COLIN MARINÉS ET PIMENTÉS, UN INGRÉDIENT COURANT DANS LA CUISINE JAPONAISE. IL S'AGIT D'UNE DES SPÉCIALITÉS DU QUARTIER DE HAKATA À FUKUOKA, DANS LE NORD DE L'ÎLE DE KYÛSHÛ, À LA POINTE SUD DU JAPON.

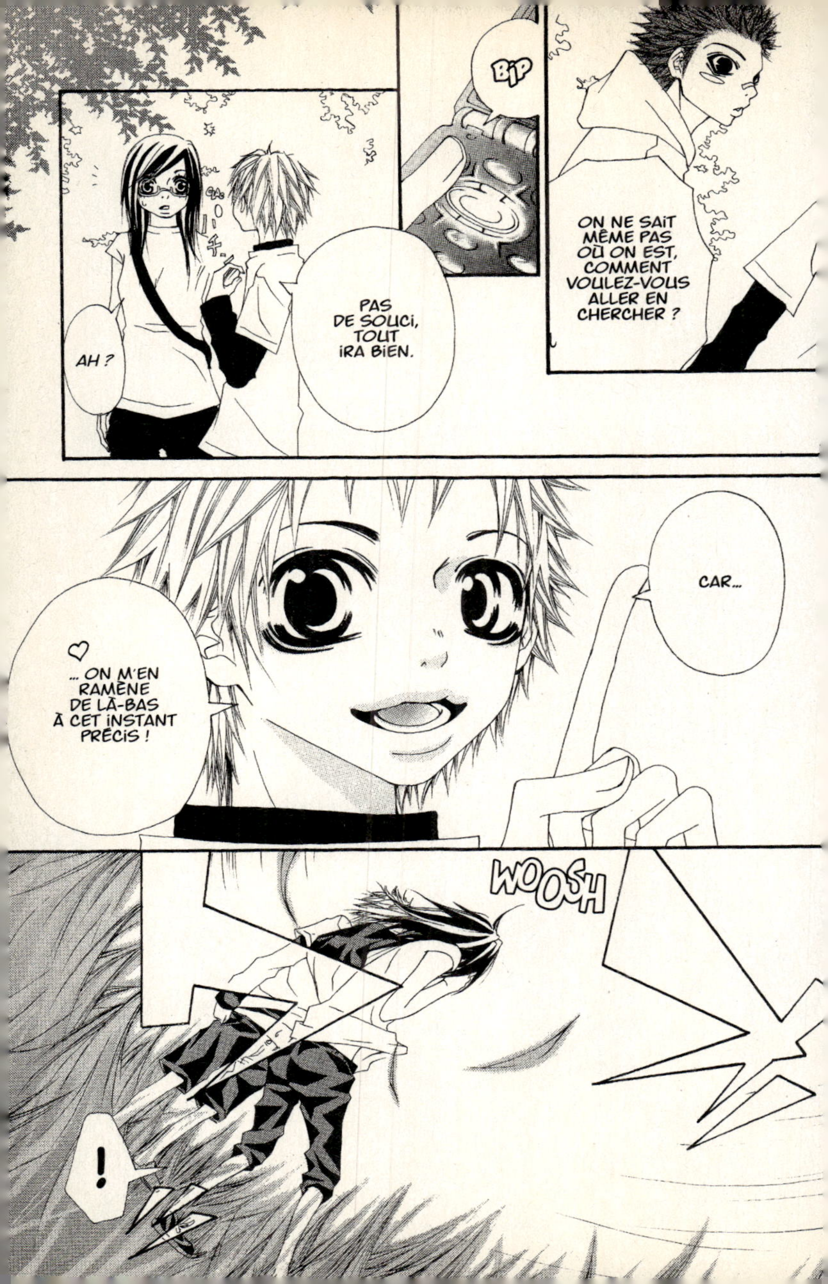
BIP
ON NE SAIT MÊME PAS OÙ ON EST, COMMENT VOULEZ-VOUS ALLER EN CHERCHER ?
PAS DE SOUCI, TOUT IRA BIEN.
AH ?
CAR...
♡ ... ON M'EN RAMÈNE DE LÀ-BAS À CET INSTANT PRÉCIS !
WOOSH
!

FLAP
FLAP
FLAP
FLAP
M. NAO !
VOICI VOTRE MENTAIKO, EN PROVENANCE DIRECTE DE HAKATA.
...
MERCI ! ♡

FLAP FLAP
VOiLÀ DONC CE QUE TU AVAiS AMENÉ...
OUi !
iL FAUT DiRE QUE C'EST RUDEMENT PRATiQUE ! ♡
ÉQUiPEMENT : UN TÉLÉPHONE MOBiLE iNTERNATiONAL (COUVERTURE 100%)
PREMIÈRE EN 42' 58", LA CLASSE 2A AVEC DU MENTAIKO DE HAKATA.
DEUXiÈME EN 1H13, LA CLASSE 2H AVEC DU TONKATSU* AU MiSO DE KUMAMOTO !
* TONKATSU : BOL DE RIZ AVEC UNE TRANCHE DE PORC PANÉ ET FRIT COUPÉE EN MORCEAUX, ACCOMPAGNÉ ICI DE SAUCE À BASE DE PÂTE DE SOJA FERMENTÉ. KUMAMOTO EST LE NOM D'UNE VILLE ET D'UN DÉPARTEMENT DU SUD-OUEST DE L'ÎLE DE KYUSHU, DONT LE SOJA EST RE
TROiSiÈME EN 1H34, LA CLASSE 2E AVEC DU SANUKi-UDON* DE KAGAWA.
TAC
OKi DOKi...
J'VEUX PAS QUE NAO SOiT LE SEUL À RÉCOLTER DES LAURiERS.
À MON TOUR DE M'Y COLLER !
* UDON : NOUILLES DE BLÉ ÉPAISSES, SOUVENT SERVIES EN SOUPE. LE SANUKI-UDON EN EST UNE RECETTE PARTICULIÈRE, SPÉCIALITÉ DU DÉPARTEMENT DE KAGAWA, AU NORD DE L'ÎLE DE SHIKOKU.

BING
TROISIÈME ÉPREUVE : LE CONTRE-LA-MONTRE CONTRE ROCHER ET SUR TERRAIN EN PENTE !!
POUR L'HEURE, LES CLASSES 2A, 2C ET 2E SE DISPUTENT ÂPREMENT LA PREMIÈRE MARCHE DU PODIUM !

QUI PARVIENDRA À ÉCHAPPER AU ROCHER ?!
ABANDON
Hm ?

ARGH ?!
DAAAAM
JE PEUX PAS M'AR-RÊTER !!
QU'EST-CE QU'IL FOUT PLANTÉ LÀ, LUI ?!
GNNN...
TAC

OUAAAAAH !!
SHPLOUF
VLANG
KSHHH
YEAH !
IL A FRANCHI LA LIGNE D'ARRIVÉE !!
PREMIÈRE : LA CLASSE 2A !!
CANDIDAT N°3 TAKUI IWABUCHI ÉQUIPEMENT : UN SKATE-BOARD

...
C'EST FÂCHEUX.
ON A DÉMARRÉ EN FANFARE...
... MAIS AVEC LES ÉPREUVES AUXQUELLES ON N'A PAS PARTICIPÉ, ON SE RETROUVE DEUXIÈMES...
2 E
2e 2 A
3e 2 G
TOUT LE MONDE VA PRENDRE LES "A+" POUR DES NULS EN SPORT ! ON PEUT PAS LAISSER PASSER ÇA !
VA FALLOIR VOUS DONNER À FOND, LES POTOS !!
POF

EXACT...
COMPRIS.
CANDIDAT N°4 KOJIRÔ YAUCHI
... SUR CE, JE PENSE QU'IL EST TEMPS DE DONNER LE SIGNAL DE LA "DERNIÈRE COURSE" !
ZASH
BON, ON Y VA AUSSI ?
CANDIDAT N°5 TOSHI SHIMIZU
OUI !
CANDIDATE N°6 HINA ASOU

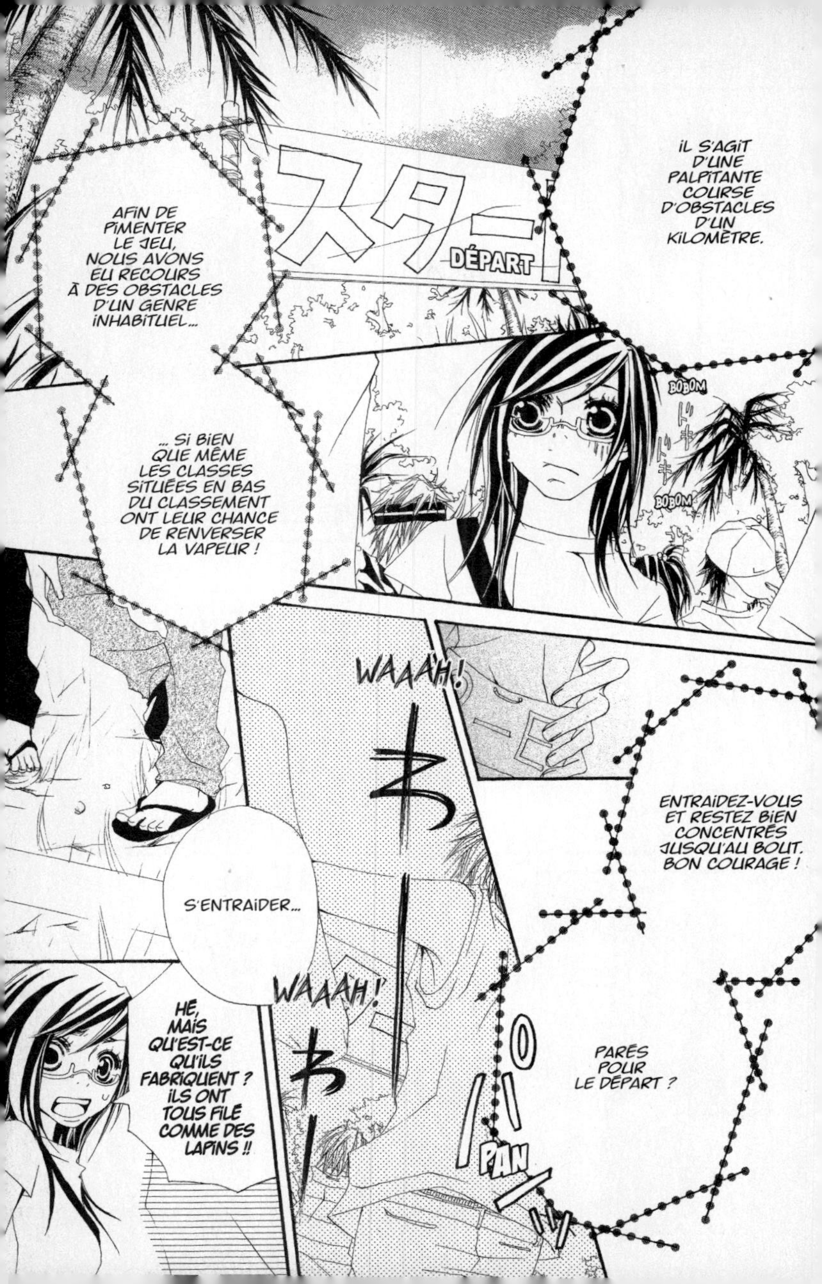
IL S'AGIT D'UNE PALPITANTE COURSE D'OBSTACLES D'UN KILOMÈTRE.
スター
DÉPART
AFIN DE PIMENTER LE JEU, NOUS AVONS EU RECOURS À DES OBSTACLES D'UN GENRE INHABITUEL...
... SI BIEN QUE MÊME LES CLASSES SITUÉES EN BAS DU CLASSEMENT ONT LEUR CHANCE DE RENVERSER LA VAPEUR !
BOBOM
ドキ
ドキ
BOBOM
ENTRAIDEZ-VOUS ET RESTEZ BIEN CONCENTRÉS JUSQU'AU BOUT. BON COURAGE !
S'ENTRAIDER...
PARÉS POUR LE DÉPART ?
PAN
WAAAH !
わ
WAAAH !
わ
HE, MAIS QU'EST-CE QU'ILS FABRIQUENT ? ILS ONT TOUS FILÉ COMME DES LAPINS !!

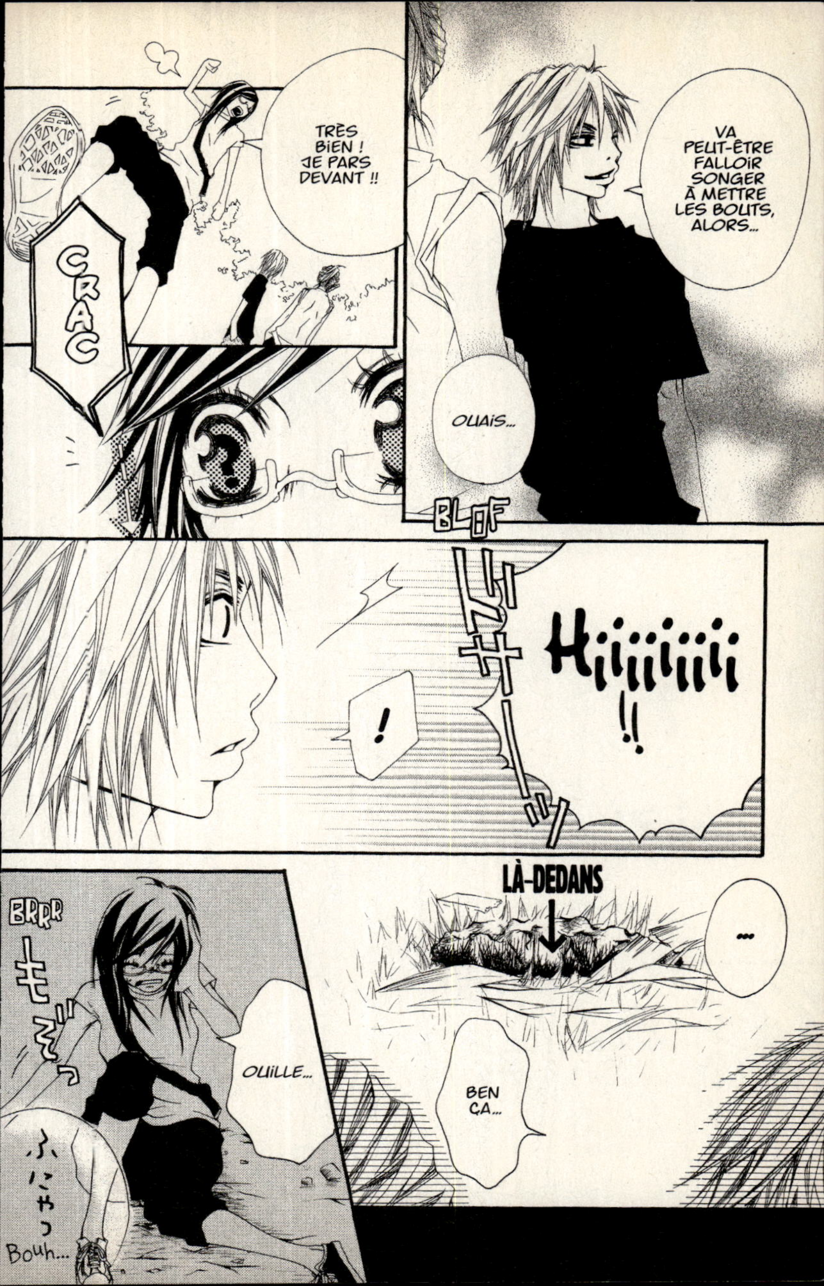
VA PEUT-ÊTRE FALLOIR SONGER À METTRE LES BOUTS, ALORS...
OUAIS...
TRÈS BIEN ! JE PARS DEVANT !!
CRAC
BLOF
Hiiiiiiii !!
!
LÀ-DEDANS
...
BEN ÇA...
OUILLE...
BRRR
Bouh...

Deux

Depuis que j'ai débuté Five, j'ai reçu des tonnes de lettres de nouvelles lectrices !★ Je vais m'efforcer de répondre à tout le monde, donc soyez patientes, même si ça risque d'être un peu long !★★★ Ce qui me surprend à voir votre courrier, c'est que vous mettez toutes un point d'honneur à m'indiquer votre personnage préféré, à se demander s'il s'agit d'un concours de popularité ! Comme ça évolue selon les chapitres, je crois que si on faisait un classement général ils arriveraient tous premiers... ce qui m'inquiétait beaucoup, mais au final, je suis très heureuse que vous exprimiez tant d'amour pour les personnages que j'ai mis au monde. Le magazine dans lequel la série est prépubliée change à chaque chapitre, ce qui m'oblige à rendre chaque histoire indépendante : ce n'est pas simple, et je m'efforce de ne pas me contredire d'une fois sur l'autre. Je tisse ma trame afin que les épisodes finissent par se relier entre eux, l'air de rien. Oh, c'est une déclaration explosive, mais c'est vrai... hé hé hé !

"Noriko Ôtani* s'inquiète parce que je ne mange pas assez".

* AUTEURE DE MANGAS PUBLIÉE DANS LES MÊMES MAGAZINES QUE SHIORI FURUKAWA.

...AR AZNABLE EST L'UN DES PERSONNAGES EMBLÉMATIQUES DE LA SÉRIE MOBILE SUIT GUNDAM.

* TUER.

AVEC NOS BLESSURES, ON N'A PLUS AUCUNE CHANCE D'ATTEINDRE LA LIGNE D'ARRIVÉE...
ON VEUT QUE VOUS CONTINUIEZ LE COMBAT, EN TANT QUE REPRÉSENTANTS DES "A+"...
CHAR À L'ASSAUT
GAGNEZ POUR NOUS !!
BONG
GUNDAM (?)...
Ohé !
TU VAS POUVOIR SORTIR ?
OUI, J'ARRIVE !
OH, J'OUBLIAIS !
CHAR À L'ASSAUT
?
FRSH
FRSH
VOILÀ...

ZASH
YO !
TSING
PLOUM
FROUSH
FROUSH
HOP !
OUF !
Si LES OBSTACLES RESTENT À CE NiVEAU, ÇA DEVRAiT ALLER !

TANT QUE CE SONT DES OBJETS, OUI.
PARDON ?
ON NE DEVRAIT PAS TARDER À TOMBER SUR DES PROBLÈMES PLUS EMBÊTANTS...
... DES OBSTACLES HUMAINS, DISONS.
TING
AÏE...
BAH, S'ILS CHERCHENT LA BAGARRE, ILS VONT LA TROUVER, HEIN !
Hi hi hi !
ÉVIDEMMENT.
HEIIIN ?!!
POURQUOI DES GENS NOUS FERAIENT-ILS OBSTACLE ?
JE VEUX DIRE...
ZASH

... MAIS ?
BOUM
AAAH !!
OUH...
OUILLE OUILLE OUILLE.
!
KITAHAMA* !!
AHAMA EST UN ÉLÈVE DE LA CLASSE 2A, MAIS IL FAIT ICI SA PREMIÈRE APPARITION.
Ho ho !
ON EN A DE LA CHANCE !
FROUSH
FROUSH
ON CHERCHAIT DES "A+" ET V'LÀ TOUT UN BATAILLON QU NOUS TOMBE TOUT RÔTI DANS LE BEC !
ÇA NOUS ARRANGERAIT MOYENNEMENT QUE VOUS ALLIEZ PLUS LOIN...
ET SI VOUS DÉCLARIEZ FORFAIT POUR A COURSE ?

ENFIN JE DIS ÇA, MAIS JE M'EN FICHE, HEIN ?
ON A DE BONS RÉSULTATS EN GÉNÉRAL...
... DONC ON DOIT JUSTE VOUS BATTRE À LA GYM...
GOULP
HAAAN ?
JE VOIS.
C'ÉTAIT ÇA, LES FAMEUX "OBSTACLES HUMAINS"...
JE PEUX COMPRENDRE QUE VOUS VOULIEZ DES RÉSULTATS...
... MAIS C'EST PAS UNE RAISON !
ON VA VOUS FAIRE LA PEAU !

TES DÉSIRS SONT DES ORDRES !
BOM
TCHAC
LES DOIGTS DANS LE NEZ !
MAIS... DIS DONC, TOI !
T'AS JOUÉ LES GROS BRAS...
... ALORS QUE T'AS MÊME PAS BU DE CAFÉ !!

VOUIP
EN FAIT ELLE PEUT LES METTRE EN PIÈCES MÊME À JEUN, IL SUFFIT QU'ELLE SOIT TROP FATIGUÉE POUR RÉFLÉCHIR !
Pas mal !
BLOF
GH...
BAM
HE...
GAGNER PAR SES PROPRES MOYENS...
... ET GAGNER EN CASSANT LA FIGURE AUX GENS, C'EST PAS DU TOUT PAREIL, TU SAIS ?

VOiLÀ CE QUi ARRiVE QUAND ON SE CONCENTRE UNiQUEMENT SUR LES AUTRES...
BOULET.
!
ViOUM
BLOM !!
MAMAAAN !!!
... UNE BiFURCATION DANS LE PARCOURS !?
QUE... QUOi ? ON EST ENCORE ATTAQUÉS ?!
C'est pas vrai ?!
NON, ÇA C'EST...

La séquence des téléspectateurs

RENDEZ-VOUS À L'ARRIVÉE.
HEIN ?
ZASH
J'AI APPORTÉ L'ARME IDÉALE POUR LES CAS DE CE GENRE.
MAIS SI TU FRAPPES AVEC ÇA...
Ça →
JE... JE RÊVE !
IL ESPÈRE POUVOIR TOUS LES DÉCOUPER EN RONDELLES ?!
SHLING
FINI DE RIRE.
TSING

BOOOOOONG
QUOI ?!!
Gouip
!
BON, ON TE CONFIE LA SUITE !
OUI, CHEF.
EQUIPEMENT : UNE POÊLE À FRIRE

CRIII
ギィコ
たぷん
SHPLOUF
TU CROIS QUE KOJIRÔ VA S'EN SORTIR ?
CRIII
ギィコ
CRIII
ギィコ
PAS DE PROBLÈME.
CRIII
ギィコ
IL FAUDRAIT DES SURHOMMES POUR L'ABATTRE.
...
TOC
ガガガッ
ON FERAIT MIEUX...
... DE RÉFLÉCHIR À UN MOYEN D'AVANCER PAR NOUS-MÊMES.
Merci !
MAIS..

QUELQUE CHOSE ME CHIFFONNE DEPUIS TOUT À L'HEURE.
FROUSH
FROUSH
AH OUI ?
Oui.
LES OBSTACLES NORMAUX NE TE SEMBLENT PAS UN PEU TROP FACILES ?
OH...
MAINTENANT QUE TU EN PARLES, C'EST VRAI QUE...
... HE, MAIS NON, PAS DU TOUT !!
IL N'Y A RIEN DE NORMAL, À PARTIR DU MOMENT OÙ ON EST EN PLEINE JUNGLE !!
Hé !
LE COMITE EXÉCUTIF NE NOUS LAISSERAIT PAS NOUS EN TIRER À SI BON COMPTE...
Hmmm...
Ça...
... ÇA SUFFIT !
MOI, JE NE DEMANDE PAS MIEUX QUE DE M'EN TIRER À BON COMP...
TOING
AAAAAAAAH !!

GHAAAAA...
Bouh...
DOOONG
...
PAS POUR DIRE, MAIS ON EST PRESSÉS, C'EST PAS LE MOMENT DE JOUER À TARZAN.
PARCE QUE J'AI L'AIR DE M'AMUSER ?!
HEIN ?!
Quoi ?!
GLOUPS
TIENS ?!
REGARDE UN PEU PAR LÀ-BAS ET DIS-MOI...
... CE QUE TU VOIS ?
PAR LÀ ?

ARRIVÉE
SHTOOOOOONG
ELLE ES PLUS PRÉ QUE PRÉV COMMEN ÇA SE FAIT
ON N'A PAS ENCORE FAIT UN KILOMÈTRE, SI ?
NON...
FROUSH
Bobom Bobom
PAS UN CHAT À L'HORIZON.
FROUSH
ET VOILÀ.
FROUSH
LA TOUTE PREMIÈRE INFO QU'ON NOUS A FILÉE, C'ÉTAIT QU'IL Y AURAIT DES "OBSTACLES".
NATUREL SUSPICIE
COOLOS, ON AURA LA PREMIÈRE PLACE LES DOIGTS DANS LE...

FROUSH ガサ...
ARRIVÉE
...
...
...
QU'EST-CE QUE ÇA VEUT DIRE ?!
C'est en bas ?!
うわぁ WOW.
AUCUN DOUTE, C'EST ICI...
... le but final.
Gla Gla Gla Gla Gla Gla...

Euh...
ET ALORS QUOI ?
ON EST SUPPOSÉS DESCENDRE LA FALAISE EN RAPPEL AVEC CES CORDES ?!
BINGO !
FIOUUUUUUUUUUU
Rhâââ !
IMPOSSIBLE ! JAMAIS DE LA VIE !!
Aaaah !!!
VAS-Y QUAND MÊME.
COMMENT...
QUOI ?
... PEUT-IL SE MONTRER AUSSI INDIFFÉRENT ?

LES AUTRES CLASSES NE VONT PAS TARDER.
AVOUE QUE CE SERAIT DOMMAGE QU'ON DESCENDE TOUS LES DEUX ET QUE LA CORDE PÈTE.
DOOONG
JE TROUVE AUSSI, OUI !
JE RESTE DERRIÈRE, JE VAIS ME DÉBROUILLER, ALORS GROUILLE.
Allez, hop, hop, hop !
FROUSH
FROUSH
M... MAIS JE...
TU SAIS...
JE TE LE DEMANDE PARCE QUE C'EST TOI.

BARRE-TOI EN VITESSE, PAUVRE TRUFFE.
T...
TRUFFE ?!
TU TE CROIS OÙ, LÀ ?
C'EST UN PEU FACILE DE RACONTER N'IMPORTE QUOI EN ME TOURNANT LE DOS !
NON !!
COMMENT JE PEUX SAVOIR CE QUE TU PENSES SI JE NE VOIS PAS TON VISA...

EUH ?

MAIS...
FROUSS
OUAIS ! ON A TROUVÉ L'ARRIVÉE !!
FRSSSH
Ah...
Hiii !
TAÏAUT ! C'EST LE SPRINT FINAL !
CATACLOP
AAAH !
Waaah !
Waaah !
C... COMMENT ON VA S'EN SORTIR ?
Au secours !
UN PEU TARD POUR SE POSER LA QUESTION...
Oh...
Waaah !
CATACLOP
CRISH

CRAC

EH ?
Wow...
iLS APPELLENT ÇA UN OBSTACLE SURPRENANT ?
DE QUOi ?!

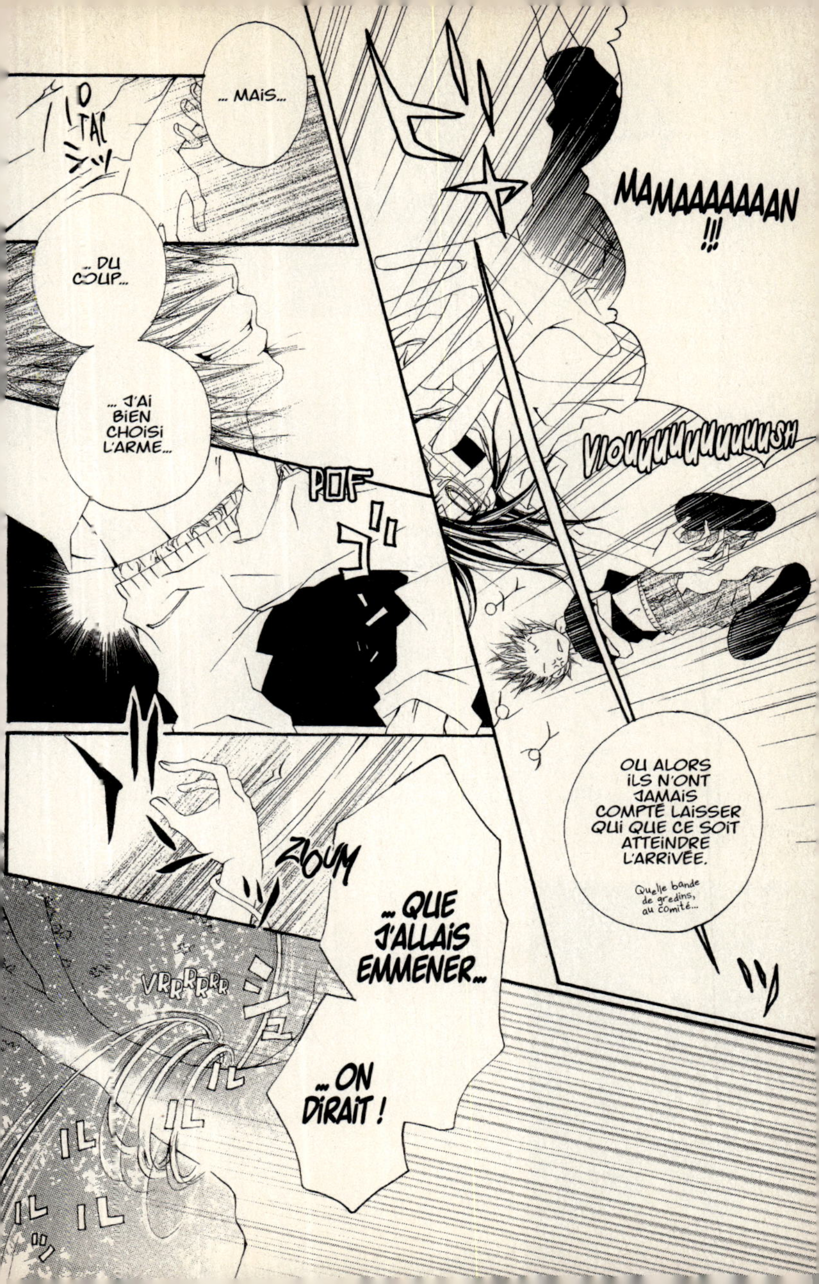
MAMAAAAAAAN !!!
... MAIS...
TAC
... DU COUP...
... J'AI BIEN CHOISI L'ARME...
VIOUUUUUUUUUUSH
POF
OU ALORS ILS N'ONT JAMAIS COMPTÉ LAISSER QUI QUE CE SOIT ATTEINDRE L'ARRIVÉE.
Quelle bande de gredins, au comité...
ZIOUM
... QUE J'ALLAIS EMMENER...
VRRRRRR
... ON DIRAIT !

TCHAC
CRIC
CRIC
PAS MAL.
TSING
EQUIPEMENT : UN GRAPPIN NINJA

POUF
POUF
EN COMPTANT LA COURSE QUI VIENT DE S'ACHEVER...
... LA VICTOIRE AU CLASSEMENT GÉNÉRAL DES DEUXIÈME ANNÉE POUR CETTE 28e ÉDITION...
ARRIVÉE
... REVIENT À LA CLASSE 2A !
Félicitations !!
BOBOM BOBOM
CLAP
CLAP
Je suis épuisée...
CLAP
CLAP
Ouh...
CLAP
PRIIIN-CEEESSE !!
C'EST GÉNIAL, C'EST GÉNIAL !!
JE SAVAIS QUE TU Y ARRIVERAIS !!
STAP STAP
STAP
Haut
Je suis flattée !
Tension
Bas
SHTOING

YOUPI !
YOUPI
...
UNE VICTOIRE SUR UN ULTIME GROS RETOURNEMENT DE SITUATION...
SINCÈREMENT, BRAVO !
MERCI.
EN PLUS, CETTE ANNÉE, LE NOMBRE DE BLESSÉS A ÉTÉ EXTRÊMEMENT BAS CHEZ LES 2A !
C'est remarquable !
D'HABITUDE, ON FINIT TOUS COUVERTS DE PLAIES ET DE BOSSES... ÇA CHANGE.
POSTE DE SECOU
GOUIP
AH ?
TU SAIS QUE TOUT LE MONDE T'APPELLE PAR LÀ-BAS ?

O.K., ON Y VA !
ZOUIP
HE, MAIS ?!
TU AS LE BRAS SALEMENT AMOCHÉ !!
AH, OUAIS...
BAH, C'EST RIEN DU TOUT.
MAIS NON, C'EST PAS RIEN !
Quelle horreur !
T'INQUIÈTE.
GRRR...
TU CROIS T'EN TIRER COMME ÇA, TÊTE DE PIOCHE ?!
GROUMPF
ATTENDS UNE MINUTE...
L'ARME QUE TU AVAIS APPORTÉE...

HM ?
EQUiPEMENT : UNE TROUSSE DE SECOURS
ÉOSINE

…NABE PARTY : JEU CULINAIRE AU COURS DUQUEL CHAQUE INVITÉ AMÈNE UN OU PLUSIEURS INGRÉDIENTS …TS DE SON CHOIX. TOUS LES ALIMENTS SONT CUITS ENSEMBLE À L'AVEUGLE DANS UNE MÊME MARMITE …NSOMMÉS PAR TOUS DANS LE NOIR, AFIN QUE PERSONNE NE SACHE D'AVANCE CE QU'IL MANGERA.

À SUIVRE…

LES COULISSES DE MON FIVE ADORÉ !
BONJOUR, BONJOUR ! MERCI À VOUS DE M'AVOIR LUE JUSQU'ICI.
Sans raison Particulière, un kimono d'été...
... et un cochon.
... Un cochon ?
JE VAIS À PRÉSENT TÂCHER DE VOUS RÉVÉLER QUELQUES SECRETS SUR FIVE.
POUR NE RIEN VOUS CACHER, FIVE...
... ME TROTTAIT DANS LA TÊTE DEPUIS UN BON MOMENT ...
Impossible...
Je ne finirai jamais dans les délais impartis !!
... MAIS MALGRÉ TOUS MES EFFORTS, JE N'ARRIVAIS PAS À EN ACCOUCHER.
JE M'EN ÉTAIS UN JOUR ÉPANCHÉE EN SECRET AUPRÈS DE MON RESPONSABLE ÉDITORIAL, QUI, ENVIRON UN AN PLUS TARD, ME TINT À PEU PRÈS CE LANGAGE :
AU FAIT, ÇA AVANCE ?
ET DONC...
... SENTANT QUE CETTE FOIS, C'ÉTAIT LA BONNE, JE ME TOURNAI VERS MON BUREAU...
ZBOING
OUAAAH !
QUELLE SURPRISE ! UN AN PLUS TÔT J'AVAIS SOUFFERT LE MARTYRE, MAIS VOILÀ QUE J'ACCOUCHAI SANS DOULEUR...
... DE SEXTUPLÉS ! (AH, BEN COMME PRÉVU, EN FAIT...)
CE N'ÉTAIT QUE LE DÉBUT DES ENNUIS...

LORSQUE LE PREMIER CHAPITRE FUT PUBLIÉ...
J'espère que vou
aurez d'autr
occasions de
parler d'e
VOILÀ LE GENRE DE COMMENTAIRES QUE J'AI REÇUS.
EN FAIT, J'AVAIS PENSÉ FAIRE DE LUI LE HÉROS...
... SEULEMENT LE TEMPS D'UN CHAPITRE.
Quoi ?
Le titre était différent aussi.
MAIS...
1 Janvier
2 Février
3 Mars
4 Avril
5 Mai
6 Juin
MAIS ?
NOUS VOILÀ EN OCTOBRE, ET ELLE EST TOUJOURS L'HÉROÏNE.
Le manga s'appelle Five...
... alors pourquoi on est six ?
Ah, il ne faut pas poser cette question ?
ON NE SAIT JAMAIS CE QUI VA SE PRODUIRE DANS LE MONDE.
EH NON, ON NE SAIT JAMAIS CE QUI VA SE PASSER.
JAMAIS.
JE ME BAGARRE POUR QUE ÇA NE FINISSE PAS EN QUEUE DE POISSON.
J'AI LA FROUSSE !!
...
Je tiens absolument à pouvoir écrire "ma" fin...
POUR QUELQU'UN QUI MANQUE AUTANT DE CONFIANCE EN SOI QUE MOI, VOS LETTRES SONT LA MEILLEURE NOURRITURE DU MONDE...
MERCI !
FIVE
L'HISTOIRE VA SE POURSUIVRE SOUS FORME DE CHAPITRES INDÉPENDANTS... MAIS JE COMPTE SUR VOUS POUR ME SUIVRE !
À BIENTÔT !

POUR CONCLURE, JETONS UN ŒIL SUR LES COULISSES DE CHAQUE CHAPITRE...

#1

On s'est abondamment moqué des noms bizarres de mes personnages, mais en réalité, j'ai pour la plupart emprunté ceux de gens que je connais. C'est simple : plus le nom est biscornu, plus il est probable qu'il provienne d'un de mes amis ! J'ai même gardé leur apparence. Ouh que c'est vilain !

#1.5

J'ai vaguement réfléchi à la question en dessinant les planches. Moi aussi, de mon temps, je faisais partie du gang de ceux qui laissaient leurs bouquins dans leur casier, au lycée. Cela mettait les profs dans une colère noire ! (Ne posez pas de question...)

#2

Moi, ma bête noire, ce sont les élastiques. Je suis à peu près incapable de toucher à un objet qui porte un élastique. J'en pleurerais. Donc, par pitié, ne m'envoyez surtout pas d'élastiques, même par erreur. Bouh...
Oui, bon, par contre, aucun rapport avec *Five*.

#2.5

Euh...
Comment dire ?
Désolée.

#3

J'ai reçu plein de lettres me demandant ce qui allait se passer entre eux après la fin du chapitre. Je suis navrée, mais de toute évidence ils vont se battre. Après la prépublication de ce chapitre, un ami policier m'a envoyé un mail pour me dire : "C'était très amusant, mais Kojirô va devoir aller en prison." Kojirô, prends garde à toi !

#3.5

Le classement varie en fonction des moments et de la condition physique de chacun mais voilà ce qu'ont donné les résultats pour cette fois. Notons toutefois que les deux premières places ne bougent jamais.

#4

Au moment des crayonnés, le titre prévu était "la jungle, sinon rien !", mais au moment de passer aux planches définitives le doute m'a assaillie (et ça, c'est mal) : pourquoi la jungle ? Mais quand j'ai commencé à dessiner, je me suis tellement amusée qu'à la fin je me disais que ce serait amusant d'aller vivre dans la jungle (oui, je sais...). Au passage, le problème que Tairaku résout sans hésitation est de niveau bac+4. Hé hé...

#4.5

Pourquoi n'y en a-t-il pas un ? Parce que je n'avais pas assez de pages...
J'aurais aimé m'en tenir au nombre de pages que je m'étais fixé, mais là je n'ai pas réussi. On verra dans le tome 2 si on peut faire quelque chose...★★★

Remerciements particuliers à :
Ma famille et mes amis
S. Imai ★ M. Ikeda ★ K. Inami
A. Yamakawa ★ N. Ôtani
A. Nakahara et... vous !

www.mangakana.com
LE CATALOGUE KANA COMPLET
LA KANASPHÈRE
PERSONNALISEZ VOTRE SITE KANA !
DES NEWS DU JAPON
DES CONCOURS RÉGULIERS
FORUM, GALERIES DE DESSINS, ETC.
UNE COMMUNAUTÉ SANS PAREILLE!

Ce manga est publié dans son sens
de lecture originale, de droite à gauche.

Ici, vous êtes donc à la fin.

FIVE

First published in Japan in 2004 by SHUEISHA Inc., Tokyo
French translation rights in France and French-speaking Belgium, Luxembourg, Switzerland and Canada
arranged by SHUEISHA Inc. through VIZ Media Europe, SARL, France.

7, avenue P-H Spaak - 1060 Bruxelles
4e édition

Dépôt légal d/2009/0086/100
ISBN 978-2-5050-0546-9

Conception graphique : Tango Grafix
Traduit et adapté en français par Elodie Lepelletier
Adaptation graphique : Eric Montésinos

Imprimé en Italie par G. Canale & C. S.p.A. - Borgaro T.se (Torino)